秋葉四郎
Akiba Shiro

短歌入門
実作ポイント助言

飯塚書店

目次

I　作歌入門のポイント

一、短歌を作りやすくする一〇のポイント

1　先ず真似、模倣から悟る

「学ぶ」という語は「まねぶ」でもあり、「真似る」ことと同源であるということはどなたも耳にしたことがあると思う。短歌を虚心坦懐に学び、作り始めようとする人はとにかく『万葉集』以来千年以上の蓄積のある文芸であることを思い、ざっとでも過去の作品を振り返るところから始めなくてはならない。少なくても明治以後の近代歌人たちの業績に「学ぶ」必要がまずある。その結果「真似る」こと、「模倣になる」ことになってもそれを畏れる必要はない。主体的に広く多くを読み、これぞというよい作品に出遭えれば、好運というもので、進んで「真似る」段階が、作歌初心者にはあってよいのである。多くの人が歌を作り始めるきっかけは、正岡子規の歌に出遭ったり、与謝野晶子の歌に惹かれたり、北原白秋の歌に魅せられたり、あるいは斎藤茂吉の歌に強烈な刺激を受けたり、石川啄木を真似て作り始めたりすること

はごく普通で、ごく自然なことと言える。現代ではその後の世代、木俣修、佐藤佐太郎、宮柊二、近藤芳美などといった歌人の影響、あるいは影響力の強い馬場あき子、河野裕子、俵万智、穂村弘といった歌人から始まる人も当然少なくあるまい。とにかく伝統短歌であるから、先人の作品を全く無視したところからスタートすることは不可能だし、短歌という形式の抒情詩を作りたいと思った瞬間から誰もが、否応なしに千数百年の遺産を省みないわけにはゆかないのである。これをむしろ貴重な財産として享受して進もうとするのが私の言う「真似るべきは真似てためらわない」という態度である。

われわれの求める短歌は根本的に「詩」であり、「文芸」であり、「芸術」である。当然徹頭徹尾独創が求められる。個性の輝く作品を残すことができて、作歌者として一人前ということになる。そうしたことと一見矛盾した運命を背負うのが短歌作者だということになる。

よくよく考えてみれば独創、個性は行き着くべき到達点で、短歌以外のどんな創作活動でも、いきなり独創的であること、個性的であることは、不世出の天才ならいざ知らず、先ず不可能であろう。自分自身は独創と思い、個性的と思っても、未熟で、実質のない、むしろ独善的で、不遜にすぎない作品をよく見かける。結局はそんなに甘くない世界であることを当の本人がしたたかに知ることになる例は少なくない。短歌のスタートに当って、「真似」や「模倣」を畏れないのは、別の面からすれば強い態度で、やがて独創的、個性的な歌人になる近道と言ってよいのである。

かの『西遊記』で天空を騒がせる怪猿孫悟空もついにお釈迦様の掌のうちにいることを悟らされるように、短歌という日本固有の定型抒情詩は、奥深くしてしかもしたたかな「詩」であることを思って謙虚に取り組み、読み始め、作り始めたいものである。

『万葉集』にすでに、

世間《よのなか》を憂《う》しとやさしと思へども飛び立ちかねつ鳥にしあらねば　山上憶良（巻五893）

—貧窮問答歌に並ぶ一首。この世の中を、つらいと思い、身の細るような気持ちがするがどこかへ飛んでゆくこともできない、鳥ではないのだから—

という歌が千三百年も前からあることを私たちは忘れてはならない。個人の詠嘆ながら、一首に流れている詩情は、社会にどっぷりとひたり、ひたすら生活し、生きている人だから湧くものである。こういう例は『万葉集』にはたくさんある。これらを模倣するくらいの意欲で作歌を始めるのがよいと私は思うのである。大抵の人はこうした万葉人の歌に追いつき並ぶことはそう生やさしいことではないことをすぐに実感し、万葉人を畏敬することになるはずだ。そう思い得た短歌作者は、歌を作ることが楽しくなり、長く作り続け、立派な歌人になるに違いない。

近代歌人では斎藤茂吉が思い切った模倣、真似から作歌を始めている。茂吉の生涯の作歌はきわめて独創的、個性的で他に例がないほどである。そうであるのに作歌の初途は真似、模倣から入っていることは注目に値する。郷里山形県の上山から、満年齢十四歳にて養父斎藤紀一方に寄寓し、養父の期待に応えてよく勉強し、二十三歳の時東京大学の医学部に合格し、医師の道に進む。同時にこの年、かねてから関心のあった短歌創作を本格的に始め、膨大な数の習作短歌が友人への書簡に添えられ、それを今われわれは見ることができるのである。

そのとき斎藤茂吉が手本にしたのは、正岡子規遺稿集『竹の里歌』で、今日では考えられないほどの粗末な装丁の本ながら、青年にして作歌初心者の斎藤茂吉の心に子規の歌が飛び込んで来る。そのあらわな例は、正岡子規の「絵あまたひろげ見てつくれる」という題のついた、明治三十二年、子規三十三歳の作品の形態を茂吉が模倣している作品である。子規の歌は、

なむあみた（だ）仏つくりか（が）つくりたる仏見あけ（げ）て驚くところ　『竹の里歌』
木のもとに臥せる仏をうちかこみ象蛇と（ど）もの泣き居るところ　〃
看板にあへ（べ）かは餅と書きてあり旅人二人餅くふところ　〃

というもので、「ところ」で終わる言い方は、俳句の表現の応用でもあろうか。それぞれの短歌が絵を写生しているように写象鮮明に歌われている。この方法を使って、茂吉は郷里宝泉寺

の「地獄極楽図」の掛け軸を思い出して、次のように作る。

人の世に嘘《うそ》をつきけるもろもろの亡者《まうじや》の舌を抜きゐるところ　『赤光』
にんげんは牛馬《うしうま》となり岩負ひて牛頭馬頭《ごづめづ》どもの追ひ行くところ　〃
白き華しろくかがやき赤き華あかき光を放ちゐるところ　〃

茂吉二十四歳の作。子規同様に、その絵を目前にしているようにできている。確かに形は同じで、茂吉が積極的に模倣したものと言える。こうして茂吉は何を身に付けたのであろうか。少なくとも私は次のようなことを一気に自身のものにしていると考える。
①こんな世界も短歌なのだと言う短歌の内容について悟り学んでいる。
②この調子・言い方が抒情詩短歌の「詩」だということを思った。
③そして、トータルとして、短歌の一語一語の言語感覚、語気、体温・呼吸のようなもの、一首に流れている響き・声調、独特な読み方等を悟った。

実は、**文学、芸術としての短歌は、自ら「学び、悟ること」はできるが、決して「教えること」はできない。だから真似、模倣から入ってみずから「学び、悟る」以外には道はない**と言ってよいのである。

なお、大正二年刊行の茂吉の第一歌集『赤光』は、あらゆる芸術からためらわず摂取し、こうした模倣にも躊躇がなかった。そういう心の向け方、態度がきわめて独創的で、特色の出ている歌集と言えるし、第二歌集『あらたま』（三十一歳から三十五歳）以後は、全く独自的、個性的になっている。私に言わしむれば、よき模倣がよき独創を生んでいる例になる。

しかし、いつまでも模倣や真似は許されないし、作歌初途にのみ有意義であることも、当然十分に注意が必要になる。正岡子規が俳句の学び方で言っていることを応用すれば、模倣を生かした学び方には次の三段階がある。

第一段階、意識してよい作品を真似る段階。短歌という詩形を丸ごと身に着ける段階である。

第二段階、意識せずに真似になってしまう段階。自分はもう模倣の段階を過ぎて独創的にやっているはずなのに、知らず知らずに模倣が混じってしまう段階。

第三段階は、意識して真似ない段階。独創、個性を意識して確立することが求められる。

各段階の所用年数は、各人の才覚、努力、

茂吉が貸本屋から借りて手本にした『竹の里歌』、この模倣から入った。

熱意等により異なるが、なるべく早く第三段階になるべきである。

また、剣道、茶道での修行上の段階に「守破離」という考え方があり、よく似ている。即ち

守…型、技を確実に身つける段階。　下手

破…発展する段階。　上手

離…独自の新しいものを確立する段階。　名人（茶話抄）

となって、「修行」とは違う、われわれ文学の徒という立場からは多少の違和感があり、抵抗もある。しかし、「守」がなければ「破」も「離」もないということは共通するところであり、参考とすべきことである。

なお、他人の作品をそっくり盗ったり、部分的に盗用したりして、自分の作品として短歌大会などに応募する、いわゆる「盗作」という行為と今までここで述べている作歌初途において「真似、模倣から悟る」ということとは全く違うことである。「盗作」は非道徳であり、犯罪でもある。

2　初心者でも歌論が要《い》る

一首の歌はどんな場合でも、作る人のうちに強い衝迫があって、その思いを何とかして形にしたいという熱い思いが言葉によって、とにかく表に現れる。巧拙を越えて五七五七七という形式に乗って表現されたものが短歌である。抒情詩にはさまざまな表現形態があるから、思いを伝えるのに短歌だけを考える必要はない。全く自由である。

そこで短歌を作る人は、いろいろな表現手段があるのになぜ自分は短歌にしたいのか、短歌はどんな文学、詩であるのか、短歌に未来があるのかなど、それぞれの作者の発達段階に従って考え、理論化する必要がある。これを「歌論」というが、短歌作者は作り始めから、初心者は初心者なりの歌論のあることが大切になる。

作歌はどんな場合でも、文学の創作だから、直感的であり、感覚的であり、常に自身の実感が大切にされる世界である。しかるに作歌初途から歌論がいるということはどういうことか。

一つには、短歌が千三百年も続いている伝統文芸であるということにある。日本人であれば学校教育で学んできている文芸であるから、最初から相当な判断が要求され、指導者や短歌教室などに対しても主体的に選ぶ必要のある世界である。つまり何人といえどもゼロから始まる世界ではない。その本質や進むべき方向、根本的なあり方などを最初から考えつつ進まなくてはならないものである。小成に安んじて有頂天になることなども初心から避けなければならない。だから最初から歌論が必要なのである。優れた指導者は、最初にそういうことを分からせてくれる人である。偉そうに歌論を押し付けてくる人ではない。

もう一つには、**信念となる歌論が実作と共に進んでゆかないと、作歌が継続できない**ということがある。日本が近代となって正岡子規の提言した短歌革新は「短歌写生論」として理念化されたから、今日まで継続され、強い流れになっているのである。今日の歌壇にはそうしたいくつかの歌論がいくつかの流れとなり、切磋琢磨しているから、盛んになっているとも言える。歌論が絶えるとき短歌も滅亡する。

殊にこの道を確かに進むには、生涯にわたって、一家言たる歌論を持つことが求められる。自身の求める歌は、華美か素朴か、華麗か真実か、複雑か単簡か、軽か重か、冗漫か抑制か等々、作歌を始めたら、その都度その都度作者みずからが考え、きちんきちんと決断してゆかなければならないことである。短歌の作り始めから持つべき心がけである。

3　形式は力

短歌というこの小さな詩形が長い歴史を持ち、時代の試練を乗り越えて今日も盛んである理由にはいくつかある。その大きな一つに、五句三十一音という定型の力があずかって甚大である。例えば、斎藤茂吉の歌に、

沈黙《ちんもく》のわれに見よとぞ百房《ひやくふさ》の黒き葡萄に雨ふりそそぐ　『小園』

という作がある。太平洋戦争後の悲哀を特別強く感じ、沈黙を余儀なくされているとき、目の前の無数の葡萄の房に雨が降り注いでいるところ。「黒き葡萄」と言って、作者の内面を多く暗示している。作者茂吉の戦時下の活動について批判が盛んに出てきていたころだから、それを受け止め、感情を抑制し「黒き葡萄に雨ふりそそぐ」と言ってひたすら耐える作者の思いが余情となって強くも響く。

この歌は定型に従って五七五七七の五句三十一音によって出来ている。その結果として作者の複雑な心境が単純化され、結果的に強調されて読者にはっきり届くのである。つまり定型は作者の思いを強く伝える力を持っているということでもある。

「沈黙の」が五音で第一句、「われに見よとぞ」の七音が第二句、「百房の」が五音で第三句、

「黒き葡萄に」が七音で第四句、「雨ふりそそぐ」が七音で第五句、あるいは結句とも言う。第三句までの五七五を上の句《かみのく》とも言い、第四句・五句の七七を下の句《しものく》とも言っている。この五句は、「句切れ」を可能にして、さまざまに表現の変化をもたらし、この短い詩をパワフルにも、抒情的にも、高尚にもしているのである。

例にあげたこの歌も第二句までの「沈黙のわれに見よとぞ」で意味がいったん切れている。普通の文章なら、ここに「、」（読点）あるいは「。」（句点）がついて、そこまでで一まとまりの意味をなす。第二句でその意味するところ、作者の思いが堰き止められるから、以下が強調されて、「百房の黒き葡萄に雨ふりそそぐ」の光景がきわだち、より一層強く響くのである。

第一句で切って一首全体を暗示的にしたり（初句切れ）、第二句で切って意味を強めたり（二句切れ）、第三句で切って抒情的で平坦な調子にしたりすることが可能である。

五句三十一音という形式を使うことによって、われわれの詠嘆したいことが、力強くなり「詩の力」になっているのである。

大海の磯もとどろによする波われてくだけてさけてちるかも　　源　実朝

にしても、

冬の日の眼に満つる海あるときは一つの波に海はかくるる　　佐藤佐太郎

にしても、形式が力となって、堂々たる光景を想像させている。

短歌は、**強くつかんで強く言う文芸で、いかに強く自分の気持が伝えられるか、つまり強調して言えるか**が大切なポイントになる。そのために五句三十一音五七五七七の形式をどう生かすかに作歌の全ての秘密があると言ってもいい。

4　作歌に使う言葉を蓄えておく

短歌は言葉の芸術だから、われわれは常に言葉に敏感である必要がある。日常生活をしているだけの言葉では、十分な短歌の表現はできない。多くの場合通俗性が伴って、芸術としての短歌にふさわしくない。つまり言葉に手垢が付きすぎている場合もある。しかも言葉には意味のほかに、語感があって、感覚的に受け止めなくてはならないものも少なくない。文字言語の意味は辞典をひけば出てくるが、その言葉がどんな語感を放っているかは辞典にはない。しかし、短歌作者はその語感をも含めて、多量の役立つ言葉を内に蓄えていないと作歌に生かすこ

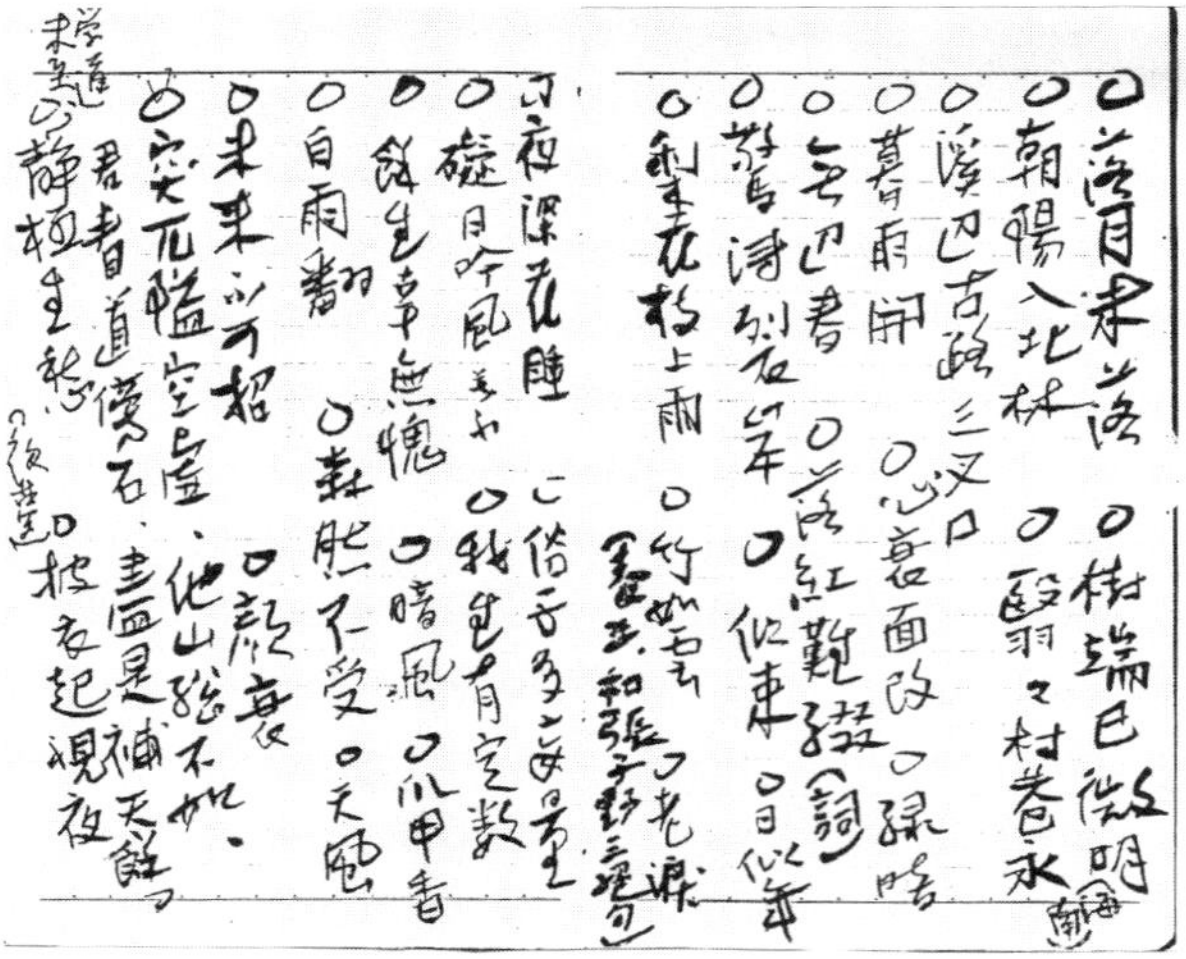

佐藤佐太郎の言葉の手帳

とができない。そのためには、多くの優れた作品を読むことや、優れた師について「悟る」ことしか、方法はないのである。

そこで、用語で心がけるべきことを二つあげて置く。

一つは、**短歌に使える言葉をメモし、手帳などにたくさん蓄えておく**こと。

これは多くの言語表現者が実行していることで、斎藤茂吉は「言語包蔵《げんごほうぞう》」という固い言葉で言っている。「包蔵」は内に蓄えておくことだから、いつでも表現に役立つように、言葉を記憶しておくことである。同じことを小説家の谷崎潤一郎は、「ことばの蔵《くら》」を持つことだと言っている。実際の表現者はさまざまに工夫して、優れた知恵を持っている。こんな先人の叡智を活用すべきである。

もう一つは、短歌の用語は、奇を衒《てら》う言葉、人を驚かす言葉ではなく、**完全に自身のものになっている言葉、血の通っている言葉を使う**べきで、十分に吟味された言葉で表現された短歌は、人の心に直接響く。だからその言葉を切れば血が出るものである。そのくらいの覚悟で言葉を選んで使うのがよいのである。

歌人佐藤佐太郎の実例を見てみる。

愛読した蘇東坡詩集から、前頁図版のように手帳二ページにわたって、ここには四十ほどの詩語が摘録されている。これをあたため、言葉に自身の血が通ったとき、一首の歌に生かすのである。

その一つ「落月未落」――「落月《らくげつ》未《いま》だ落《お》ちず」は暁の静かな月の様子であり、第十二歌集『星宿』に作品として出てくる。

落月のいまだ落ちざる空のごと静かに人をあらしめたまへ

老境の願いを暗示する光景として「落月未だ落ちず」を作歌に生かし、「静かに人（作者）をあらしめたまへ」と言っているのである。

「似束」――「束《たば》に似《に》る」は、状態をシンプルかつ強く言える言葉として、やはり歌集『星宿』の作品になっている。

よろこびの束《たば》のごときを得たる人そのひとつさへうれしきものを

いくつかの受賞をした人をともに祝い喜ぶ歌として、「束のごとき」は鮮やかに決まっているだろう。更に、

「我生有定数」―「わが生定数あり」の「定数」は「定まった運命」で、仏語の「定命《じょうみょう》」（一定の寿命）がいわば手垢のついている語であるのに対して、「わが生の定数」という言い方に新鮮さを感じている。作品は歌集『天眼』に在る。

わが生に定数ありといつよりかおもひ折々の喜怒に動かず

定まった運命があって、もう晩年だといつよりか思うようになり、折々の喜怒にも動揺することはない、と境涯を詠嘆しているのである。

「老涙」―「老いの涙」という語もメモされている。ろうそくの「蠟涙」はよく目にするが、「老涙」は珍しい。当然あってよい言葉だと思い、何年か作者の心中に在って、息吹がこもり作品に使われ、歌集『星宿』の作品となっている。

さまざまに半生の過去悔めども朝床に老涙したたりなさず

過去をさまざまに後悔して涙が流れるが、老涙だから、若いときのような涙ではなく、「したたりなさず」だという。この一語によって老いた人の哀れが深く響いている。

このようにみずから蓄えておいた言葉を生かせれば、作歌に行き詰まることはまずない。

5 「見る」「見える」ということ

作歌者にとって「見る」「見える」ということは原点で、同じところに立ち同じ光景を見ながらも、人によって「見るもの」「見えるもの」が異なることはしばしばである。その人の人生経験、知識・知恵、性格、信条等々が複雑に絡み合って、見えたり見えなかったりするからである。

しばしば同行し、その作歌の現場に立ち会った佐藤佐太郎の歌に次のような作がある。

島あれば島にむかひて寄る波の常わたなかに見ゆる寂しさ　『天眼』

激しい波浪のたつ海を船で渡り金華山に遊んだ時の作で、小さな島に渡ると波が四方八方から寄せてくる。決して一方通行で陸に向かうのではない。「島あれば」島のどこに立っていても、波はみな「島にむかひて寄る」、自然の本当の姿は面白いものだと詠嘆している作である。私はこのとき作者の側にいたが何も見ることはできなかったし、佐藤佐太郎がこんな自然の不思議を見ていることにも全く気付くこともなかった。もっとも歌人佐太郎も、この時は着眼しただけで、この歌は半年後に完成し、この自然の摂理が「見える」ために長い日月がかかっていることでもある。現実は現れているのに見難いものである。

だから先人たちは、表面的に見ないで「実相に観入せよ」（斎藤茂吉）とか、「見て考え考えて見よ」（佐藤佐太郎）とかの助言を残しているのである。

私はもう少し平易に考えて、「見る」ため、「見える」ためのポイントを提示しておくことにする。

（1）継続してみること

見続けることは、比較できることでもあり、見難いものが見えてくる。見えれば感動となり、詠嘆となるのである。

僅かづつ夜明けが遅くなりゆくと侘しむ如くけふ妻の言ふ　由谷一郎

つまり、冬に向かって、夜明けも遅くなり、寒くもなり、老境を迎えている夫婦にとっては切実である。「僅かづつ夜明けが遅くなりゆく」は継続して見ているから感じ得るのである。

欲求は単純にして嬰児の乳欲る泣声日に日につよし　松山益枝

毎日のように接し、しかも祖母として幼子を多く見ているから、いくばく客観もできるから見えるのである。

父逝きてはや十年かわが庭に植ゑくれし木々幹太くなる　戸田佳子

ふりかえって見るのも「継続」である。亡き父親の健在なころに植えた庭木々、その後病みかつ老いの日々を積んで世を去っている。その歳月を思わせて庭木の幹が太くなっているのである。

(2) 発見、改めて気づくこと

物を見るには眼だけのはたらきに拠るのではない。全感覚、全身全霊で見ることになるが、そうした中で、今まで見なかった意味ある現実を見たり、意味ある瞬間に改めて気づいたりすることがある。つまり発見であり、こういう発見ができたとき、作歌者は当然一つの感動をいだき、詠嘆となる。

ひと頃は電話ボックス連なりし駅前広場いま木々育つ　戸田佳子

携帯電話が普及する以前は公衆電話の用は多く、駅前には五棟くらいの電話ボックスが並んで建っていたし、駅の構内にも数台が並んでいた。その変化を機敏に捉えて詠嘆している。こういう発見は感動でもある。

年老いてたのしむ力なき故に楽しみなしと冷ややかにいふ　杉山太郎

老いて、老いを見つめて新たな発見をしているのである。こういう発見は老若男女を問わず、人が必死に生きる周辺にはたくさん現れている。それに気づくことが「見ること」であり、「見えること」である。

（3）そこに身を置くから見えること

経験していることの意味は、みずからはなかなか分かりがたい。しかし修練してそれが分かるようにすることが、「見ること」であり「見えること」である。多くの場合そこに身を置き、自身の置かれている現実を主体的に受け止めることによって、見えてくるのである。

貸し渋りといふ現象も時置きてわが店の重き現実となる　**黒岩二郎**

商店の経営に当っている人の作である。金融機関の「貸し渋り」が他人事ではなくなるという現実も、そこに身を置くから見えるのである。

（4）概念を取り払ってありのままを見ること

多くの場合、われわれは既成概念、先入見の影響を受けている。人がどう言っているかを重んじ、自身の見ていることが率直に言えないことがある。寓話『裸の王様』がいい例だが、大人になればなるほど、人生の経験を積めば積むほど概念的に見がちである。そのことを自ら注意して、概念や夾雑物をつねに取り払って、純粋に率直にものを見ることが大切である。

腹かかへ笑ふもろごゑの中にゐて寂《さび》しく吾は目を瞠《みは》りけり　**斎藤茂吉**

人が腹を抱えて笑いものにすることに対して、作者は「寂しくも」「目を瞠る」心境にいるというのである。人が嘲って笑うことが、作者の考えではそうではなく人間の本当の姿であって目を瞠るようなことだと見ているのである。

こんな見方が作歌者には求められるのである。

（5）感覚的に見る

つまり、理屈を超えて見ることで、明治の正岡子規が短歌の革新運動で、旧派の和歌を批判し、旧派は理屈でものを見ている、それは文学ではないという意味のことを言っている。その通りで、われわれが物を見るとき、対象から一気に物の本質に迫る、即ち直観像として見ることが求められる。例えば、

とどまらぬ春のはやちや鋤きてある田なかの土はさながら重し　佐藤佐太郎

という作では、春の疾風が一日中吹いていて、とどまらない。それと関係するのかしないのか、作者が目にしている田んぼの鋤き起こされている土が重く感じられる、というのである。この見方は、論理を超え感覚的でありながら、言っているところ、表現されている世界は具象的である。

霜焼けし菠薐草買ひ帰る夕べ疲れてはづす眼鏡《めがね》冷たし　戸田佳子

平常の生活の中の一断片。「疲れてはづす眼鏡冷たし」が感覚的に冬の深まりを捉え、早くなった夕暮れも思わせる。一瞬を永遠にするのが感覚的な見方である。

6 「詩」は身近にあり、その「詩の自覚」が必要

この小詩を心から愛し、生涯の友としてゆこうとする者は、短歌が本物の抒情詩の一形態だということをまず思わなければならない。自分は平凡な人間だから平凡な短歌を作ればよいなどということは許されなく、短歌を作ろうとしたら必ず「詩」を作るのだという自覚が必要になる。「詩」を作るなどというと難しいことのように思うかもしれないが、そんな必要はなく、われわれの身辺にあるのが「詩」だから、われわれは懸命に捉えようとするのであり、「詩」だから自身の作品が出来たとき意義があり、楽しく、面白いのである。

この「詩」を万葉人が既に自覚していたことは、山本健吉著『詩の自覚の歴史』に詳しく述べられ、実証もされている。つまりわれわれが短歌に求める「詩」は懸命に生きるわれわれの身近に、生活の中に、あるいはその人の心中に溢れているのでもある。

この「詩」の自覚は、短歌作者の初途から常に意識し、考え続けてゆかなければならないことである。「詩は火における炎、空における風のごときものである」（佐藤佐太郎）と言う通り、詩は一見見難く、捉えにくい。しかし、どこに存在しているかは明確である。

（1）日常身辺に在る

鋪道《ほだう》には何も通らぬひとときが折々ありぬ硝子戸《がらすど》のそと　**佐藤佐太郎**

鋪道は鋪装道路で、普段は自動車が途切れることもなく往来する。歩いてゆく人や、自転車などの人もいる。この作品は昭和十一年ごろの東京だから、荷車、リヤカーなども交じっていたかもしれない。その鋪道に、何も通らない、空白のような瞬間が折々あるというのである。こんな日常に存在する不思議な瞬間にわれわれの求める「詩」は存在する。

（2）作者自身に存在する

うつしみの吾《わ》がなかにあるくるしみは白《しら》ひげとなりてあらはるるなり　**斎藤茂吉**

留学から病院の火難で苦しむ自宅に帰国したときの悲哀のこもっている歌である。詞書《ことばがき》に「焼あとに湯をあみて、爪も剪りぬ」とあるから、ひとときの安らぎに自身をしみじみと凝視したのであろうか。このように「詩」は遠くにあるのではなく、自身のうちに多く存在する。短歌が自照の文学のうちである所以である。そして自照し得たとき、「詩」はより強く伝わる。

（3）自然の厳粛に在る

北極の半天を限る氷雪は日にかがやきて白古今なし　**佐藤佐太郎**

北極の上空を飛行機で過ぎてゆくところ。冬だから当然氷雪が大陸全体を覆い、いわば半天を限っているように見えるのである。初めて出会う氷の山、氷雪の大地は、日に輝いてその白は古今無く静まり返っているのである。「古今なし」は蘇東坡の詩などに用例があって、スケールの大きな言葉である。こんな自然は「詩」の宝庫である。

（4）事実にも「詩」が在る

小さなる教会なれど四十年すぎて百二人の追悼あはれ　**川村源四郎**

小さな教会が四十年たって、百二人の追悼をしたという内容、事実に面白さのある作である。これも「詩」で、こんな身近な事実にも、人を感動させる「詩」が存在しているのである。

以下、「一期一会」という出会いにも、天象と人間との間の摂理も、日々見る風俗にもわれわれが歌うべき「詩」は存在している。人が生きてゆく周囲にはこうした「詩」は数限りなく満ち溢れている。このような「詩」を幅広く求め、短歌を作るのだという自覚が作歌者に必要なのである。

7 素材を求め、広げる

抒情詩短歌の創作に当っては、平素、日常からの詠嘆、告白、叫びなどが中心で、こうした素材から、優れた歌は生まれてくる。作歌の本質はこの素材からの詠嘆だとも思える。しかし、ある程度の経験を積んだら、素材が日常、生活だけではマンネリに陥り、作品が平板になったり、出来なくなったりする。そこで、意図的に素材を求めるということも必要である。

われわれの原点である『万葉集』でも、人の死と関係する「挽歌」、人と人との交流を素材とした「相聞」、行幸、旅、公私の宴会その他を素材とする「雑歌」、更に方法をも暗示して「正述心緒」、「寄物陳思」、「譬喩《ひゆ》」、「問答」などと分類して考えている。つまり短歌の素材を幅広く豊かに考えていたのである。現代は、「旅」一つをとっても過去には考えられないくらい世界が狭くなっていて、素材の宝庫だから、積極的に求めることが期待されるのである。

（1）生活という素材

人はさまざまな生活の場面をもって生きている。都市生活、農漁村生活、山村生活、勤労生活、海外生活、学生生活、療養生活等々である。「日常」はこうした生活を背景にして素材となっている。

転職の年に冷えつつ枝打ちし国有林はいかになりゐん　**小田裕侯**

営林署の職員として国有林を管理していたのであろう。それから今は転職しているが、最後に枝打ちした林をしのんでいるところ。特殊で、ありふれていない生活だから、一読新鮮である。人のそれぞれの生活には、短歌になる「詩」が溢れていると言ってよい。

（2）自然という素材

自然は芸術の母であり、詩の宝庫である。しかし、多くの短歌作者は不得手にしている。自然はあまりにも広大であるからであろうか。最初からうまく歌おうと思わずに、とにかく自然の歌える短歌作者をめざすのが望ましい。

舞ひあがる八瓩《キロ》のからだ軽々と見ゆるは鶴の脚ながきゆゑ　**鎌田和子**

湧き上がりあるいは沈みオーロラの赤光《しやくくわう》緑光《りよくくわう》闇に音なし　**秋葉四郎**

堂々たる八キロの鶴の飛ぶさまも、オーロラが夜空に輝き渡るさまも、今日のわれわれはごく身近な自然として、見ることができ、感動することができるのである。

(3) 旅という素材

今日の旅は、われわれの先人たちが危険を冒して出掛けた羇旅《きりょ》とはだいぶ異なる。飛行機等の輸送手段の大進歩とその世界的な整備によって、海外の旅の大凡も、いわゆる非日常体験の旅ではない。いわば近日常体験の旅として、作歌をするわれわれにとっては、素材を広げる恰好の機会になっているのである。だから、

灯の暗き昼のホテルに憩ひゐる一時あづけの荷物のごとく　**佐藤佐太郎**

などという旅の歌も生まれる。フィジィー島での作。同行の夫人らは老いた作者をホテルに預けるようにして、観光地を巡っているところである。作者は自嘲して「一時あづけの荷物のごとく」と言っている。日常と旅とはあまり差のないものになってきている好例である。

以上は一例で、このような観点から、素材を広げてゆくのがよいのである。

8　表現の技巧――五句を生かす

短歌は定型で五七五七七という五句三十一音がものをいう文芸で、千三百年以上の間、先人たちがさまざまに工夫して表現してきたものである。だから、当然洗練された技巧が豊富にある文芸である。もともと強調するためにこの形式が残っているわけで、今では古臭くなった技巧から、依然として力を発揮するものまで、さまざまがあることをまず初心者は考えておかなくてはならない。そして、その表現技巧について、先人のものを身に着け、できれば独創的な表現技巧を工夫するくらいの覚悟が必要である。

ここではその基礎となる、五句の働き、生かし方を提示しておく。

(1)　直線的直立的な型

例えば『万葉集』に、

石激《いはばし》る垂水《たるみ》の上のさ蕨《わらび》の萌え出づる春になりにけるかも　**志貴皇子**（巻八1418）

という歌がある。「石激る」が第一句（初句）、「垂水の上の」が第二句、「さ蕨の」が第三句、「萌え出づる春に」が第四句、「なりにけるかも」が第五句（結句）である。この五句が直線的に続いて、途中で意味が切れたりしていない。滝の上のさ蕨が萌え、いよいよ春になったなあ、と一気に思いをのべている。文章で言えば「。」（句点）一つで終わる、「何がどうした」という一文の型である。これが作歌の原点と言えるが、多く作ってゆくと単調になる。そこでこの五句をさまざまに変化させて、伝えようとする思いを強調することを先人たちは考えたのである。

（2）句切れの生きている型

秋である。やさしさだけがほしくなりロシア紅茶にジャムを沈める　　**小高　賢**

第一句に「句切れ」のある例である。たまたま句点「。」がついているが、此処までで一文で意味がまとまっていて、一首の世界をあらかじめ暗示する働きをしている。そうして、即《つ》かず離れず「やさしさだけがほしくなりロシア紅茶にジャムを沈める」が続いて、抒情の世界を広めている。「句切れ」は、どこで切るかでさまざまな効果を発揮する。

春過ぎて夏来《きた》るらし白妙《しろたへ》の衣《ころも》ほしたり天《あめ》の香久山　　**持統天皇**（巻一28）

この『万葉集』の歌は第二句で切れ、もう夏だというところが強調されている。第四句でも意味が切れているが、三句以下「天の香久山（は）白妙の衣ほしたり」となるところを倒置をして、五七七のリズムに乗せ、響きを強くし、上の句を支えつつ一首全体の調子を強くしているのである。

山の際《ま》に渡る秋沙《あきさ》の行きて居むその河《かは》の瀬に浪立《なみた》つなゆめ　作者不詳（巻七1122）

第三句で切れている、『万葉集』の歌の例である。「秋沙」は鴨の一種で、山際を渡ってゆくその秋沙が見えたが、もう河の瀬に行き着いているだろう。ゆめゆめ浪は荒く立つなよ、と言っている歌。この例歌の内容も心優しいが、三句切れは一般に抒情性が強くなる。

巻向《まきむく》の山辺《やまべ》とよみて行く水の水泡《みなわ》のごとし世の人われは『柿本人麿歌集』（巻七1269）

第四句で切れている『万葉集』の歌の例である。第四句「水泡のごとし」が比喩で、そんな微かな存在だ「世の人われは」、と自嘲している。その自嘲は第四句で切れることによって強調されているのである。

五句を自在に操ることによってさまざまな効果が出ることになる。

（3）対句のある型

花にある水のあかるさ水にある花のあかるさともにゆらぎて　佐藤佐太郎
夏すぎし九月美しく道に踏む青の柳の葉黄の柳の葉　〃

先の歌は、第一句、二句の桜の花に反映している「水のあかるさ」と、第三句、四句の水に反映している「花のあかるさ」が対句になっている。この勢いのある言い方が池を巡って咲きさかる桜の壮観を鮮やかに言い当てていて、情景の美しさが読む者の心に一気にとどく。

後の歌は、猛暑が過ぎた九月は草木が改めて活気づき、道沿いの百日紅も木槿も改めて花が咲き、おしろい花も勢いづく。そんな道に暑さの名残か、「青の柳の葉」と「黄の柳の葉」が散っているのである。第四句と第五句が対句で、九月の改めての美しさが強調されている。

（4）句割れあるいは句跨りのある型

いふほどもなき夕映にあしひきの山川呉服店かがやきつ　塚本邦雄

この歌の下の句は意味の流れからすれば、「山川呉服店」九音、「かがやきつ」五音となる。

音数は七七、つまり十四音で定型である。「山川呉服」が第四句で「店かがやきつ」とすれば問題はない。「山川呉服」と「店」との間は、句が割れていることになるから「句割れ」と言っている。また切れるべきところで句が切れず次の句にまたがって続いているから、「句跨り」でもある。こんなことも許容して、作者の心情を自由自在に表現するのも、定型の強みであり、五句の生かし方である。

（5）字余り字足らずのある型

幻《まぼろし》のごとくに病みてありふれればここの夜空を雁《かり》がかへりゆく　斎藤茂吉

この体古《からだふる》くなりしばかりに靴穿きゆけばつまづくものを　〃

先の歌の第五句「雁がかへりゆく」は八音で「字余り」である。「雁が」の「が」を取って「雁かへりゆく」とすれば定型通りだがここでは「雁がかへりゆく」と字を余らせることによって、疎開先での病中の哀れが強調され、その吐息さえ感じさせる。つまり「字余り」が心象表現に効果的に働いている。

後の歌は、五六四七七で、第二句、三句が「字足らず」である。そのことによって老体となった哀れがしみじみと伝わっている。定型という原則があるから、それを崩すことによって感情表現に効果が現れることになる。

（6）破調の生きている型

直ぐ目のしたの山嶽よりせまりくるChaos《カオス》きびしきさびしさ　**斎藤茂吉**

句がどこで切れているかなかなか難しい。「直ぐ目の」四音が第一句、「したの山嶽」七音が第二句、「よりせまり」五音が第三句、「くるChaos」五音が第四句、「きびしきさびしさ」八音が結句と仮に分けてみる。他にも分けることは可能だがいずれにしても、定型から外れ「破調」である。この「破調」によって初めて飛行機から見た地表の感じが、一種の驚きを込めて伝わってくる。五句を意識することによってこんな表現効果をもたらすことも可能なのである。

9　連作に挑む

短歌は一首の歌の完成度によって評価されるが、大きな感動に包まれたとき、いくつかの歌が次々に生まれる。万葉人たちも相当数の「連作」を残している。近代では斎藤茂吉が、医師となって郷里の母との死別を歌った「死にたまふ母」（歌集『赤光』）が有名で、教科書で読んでいる読者も少なくないであろう。旅でも、人生上の挫折でも、一首の歌で十分思いが伝えられないときは、むしろ意欲的に連作に挑戦することをお勧めする。殊に若く体力のある短歌作者は、中世の歌物語を超える「連作」に挑んでみてはいかがであろうか。基本的な心構えとしては、

1、しっかりしたテーマを持つこと

作者にとって必然性のある、価値の高いテーマであることがまず大事である。

2、一首一首が短歌として独立していること

一首一首が独立、完結している作品であることによって、相互に補完し合い、一連として響き合い、大きな連作の効果を発揮する。

3、形にとらわれないでよいこと

連作は殊に先入観にとらわれず、自由に独創的に進めることが期待される。

などがあげられる。

正岡子規の連作「ベースボールの歌」（明治三十一年作）の例をあげてみる。

久方のアメリカ人のはじめにしベースボールは見れど飽かぬかも

国人ととつ国人とうちきそふベースボールを見ればゆゝしも※

※勇ましい、あっぱれ

若人のすなる遊びはさはにあれどベースボールに如く者もあらじ
九つの人九つのあらそひにベースボールの今日も暮れけり
今やかの三つのベースに人満ちてそゞろに胸の打ち騒ぐかな
九つの人九つの場を占めてベースボールの始まらんとす
うちはづす球キヤツチヤーの手に在りてベースを人の行きがてにする
打ち揚ぐるボールは高く雲に入りて又落ち来る人の手の中に
なか〳〵に打ち揚げたるは危かり草行く球のとゞまらなくに

今日では誰でも知っているスポーツの野球、その草分けの頃に正岡子規がかかわっていたというのも面白いことだが、それをテーマにこうした短歌作品が残っていることは大変ユニークではあるまいか。しかも「連作」になっていることも注目に値する。子規が連作にしないではいられない思いの溢れていることを今日のわれわれは感じ取るべきである。

10　声に出して作り、声に出して推敲する

松尾芭蕉は俳句の作者だが、俳句の推敲をするとき何度も声に出して朗読したと言われている。つまり舌頭《ぜっとう》に千転《せんてん》させて、意味の上の滞り、声調の上の障害を除いたのである。谷崎潤一郎も、出来上がった小説を朗読して推敲する、とその著書『文章読本』に書き残している。短歌も同じで、声に出しつつ作り、何度も声に出して推敲するのがよい。みずかずから、声調が整い、語感も磨かれてくる。

句読点を駆使し、意味の流れに従う散文の朗読と短歌の読み方は当然違ってくる。短歌の場合は、定型五句だから、もともと句読点を必要としない。五句それぞれの働きを意識して朗読するのがよいのである。私が工夫して、普及しようとしている「**読み伝え短歌朗読法**」のごく一部を示しておく。

朗読記号は三つで、

① △印は「句を意識しブレスをしない短い間《ま》をとる」

② □印は「ブレスをし、しっかり間をとる、句切れを生かす」

③ 網掛けは、読者の読み取りに従って、プロミネンス（抑揚、強調）をつけるところである。これによって斎藤茂吉歌集初版『赤光』を読むと次のようになる。こころみに声に

出して訓練してみていただきたい。

悲報来

※「悲報来《ひほうらい》」　悲しい知らせが来たこと。作者茂吉は信濃上諏訪に滞在中に師の伊藤左千夫の急死の知らせを受けた。

ひた走るわが道《みち》暗ししんしんと堪《こら》へかねたるわが道くらし

（ひたはしる△わがみちくらし□しんしんと△こらえかねたるわがみちくらし）

※「しんしんと」（「深々」「沈々」）　ひっそりと静まり返っているさま。結句の「わが道くらし」にかかる。

ほのぼのとおのれ光りてながれたる螢《ほたる》を殺すわが道くらし

（ほのぼのと△おのれひかりてながれたる□ほたるをころすわがみちくらし）

すべなきか螢《ほたる》をころす手のひらに光つぶれてせんすべはなし

（すべなきか□ほたるをころす△てのひらに△ひかりつぶれてせんすべはなし）

※「すべ」　手段、方法。「せんすべ」　なすべき手段。

氷室《ひむろ》より氷《こほり》をいだす幾人《いくにん》はわが走る時ものを云はざりしかも

（ひむろより△こおりをいだすいくにんは△わがはしるとき△ものをいわざりしかも）

※「氷室」　当時天然の氷を夏まで保存していた室《むろ》、岩穴。

氷《こほり》きるをとこの口《くち》のたばこの火赤《あか》かりければ見て走りたり

（こおりきる△おとこのくちのたばこのひ△あかかりければみてはしりたり）

実際に声に出してみると、感じることは豊かなはずである。

二、旅の歌を作りやすくする七つのポイント

人と旅とは切り離して考えることはまずできない。和歌、短歌に表れている日本人の場合だけを考えても、いつの時代にもさまざまな危険や労力や経費などを顧みず人々は旅をしてきた。すべてが不自由な古代でも、戦乱の中世でもそうであったから、近代や現代の旅はいよいよ盛んになった。今年の年末年始に海外に出かけた日本人は今までの記録を超えて膨大な数であった、というニュースをしばしばわれわれは聞いている。年々貴重な経験を同胞諸氏は積んでいるわけである。日本の文化の原点には旅があり、旅が日本の文化を高めてき、高めつつあることは大きな事実と言えるだろう。殊に文学はその恩恵が大である。旅にはいつの時代にあっても、人々の魂を磨いてやまない無限の可能性があるからに他ならない。

しかるに現代短歌の旅の歌はあまり面白くない。読んで魂を鍛えてくれる作は少ない。文学的に淡く「詩」の創作とは思えない記録的な歌が目立つ。「旅行詠」などという生ぬるい言葉で、呑気に旅の矚目を詠っている歌は誠につまらない。それぞれの歌人はこれを乗り越える一

家言を持つべきではないか。私は強くそう思っているから、先ず隗より始めて、私の考える旅の歌作法七つのポイントを示すことにする。

1 「詩」を求めて旅をする、「詩」があるから旅をする

歌人が旅に向かうとき第一に忘れてならないことは「詩」を求めてゆくのだという目的意識である。「詩」があるから旅に出てゆくのである。「詩」は実は日々の生活にこそ多くある。どこにいようが自身の生そのものに「詩」はあるのだから、旅に出なくてもよい歌はたくさん出来る。そうであるのに何故われわれは旅に「詩」を求めるか。旅には新しい出会いがあり、発見があり、新しい「詩」があり得るからである。

よくドイツロマンチック街道の旅などというツアーに参加した歌人が全く歌の出来なかったことを歎く。観光目的であることはよいとして、歴史的遺産など人工物の城や建物をいくら見ても、どれほどの発見や感動を得ることができるというのであろうか。即ちそこにどんな「詩」があるというのだろうか。もともとこのようなツアーに「詩」を求めることは、ないもの強請《ねだ》りに等しい。つまらない短歌になる大きな要因である。

短歌の旅はまず短歌を作る、「詩」を求めるという目的意識のしっかりしたツアーでなくてはならない。歴史探訪のツアーに参加しても「詩」を求めることは殆ど不可能だということである。建築の真髄を求めるのなら、それに相応しい旅をしなければならないのは当然である。よい歌を作るには「詩」を求める旅をすべきである。

私が「ドナウ源流行」の短歌の旅をしたときのことであるが、何日か過ごしていよいよ最終日の前日、明朝早い飛行機に乗るため、われわれ一行は夕方スイスのチュウリッヒに向かい、そこで一泊することになっていた。

ドイツは多くの国と隣接しているから、国境がやたらに多い。バスが国境に来ると運転手はいちいち日本の観光団であること、その目的などを検査官に報告して通行許可を取る。ドイツにいる間何度も見た光景である。ところがこの日は運転手とその検査官がその場で何かジョークを言い合って高笑いしているのが見えた。添乗員がのちに通訳し説明したのは、「今頃チュウリッヒに向かうのでは日本人ではあるまい」と検査官にからかわれたというのである。それほど日本人は、チュウリッヒからアルプスなどへ向かう決まりきったコースの観光をしているということである。こんなツアーにいてよい歌が出来るわけがないのだ。

2　歌人の旅の多くは近日常の旅であり、その自覚が必要

旅の本質が非日常体験を求めるところにあるという三木清の『哲学ノート』の言葉は、旅を考えるとき多くの人が思い浮かべるに違いない。旅は日常と対比して考えられるものである。実際、今日でも多くの旅は非日常体験でもある。かつて行くことができなかった南極などにも行くことが可能なのだから。

しかし、その一方で多くの旅は日常化していることに気が付かなくてはならないと私は考えている。例えば今茂吉の曾遊地、ドナウ源流に向かうとする。八十歳の高齢でも、身体に多少の支障があろうとも、服薬中の人でも参加することが可能である。旅装も普段着とあまり変らない。九月のとある日に、東京を発ちパリで乗り換え九時間もするともうミュンヘンの街に浸ることができ、白夜の夕日が夜九時ごろ沈むのを見ると、遠くに来たなと思いはするが、非日常という思いはそう強くない。むしろ「近日常」である。そう自覚することによって歌が新鮮になる。茂吉の時代は東京を発って、上海、香港、シンガポール、エジプト、パリ、マルセーユなどを経由してベルリンに着くまで、およそ二か月を要している。これだけを見ても今日の旅がどういう位置づけになるか、明瞭である。

芭蕉が『奥の細道』の序で、「舟の上に生涯をうかべ、馬の口とらへて老をむかふる者は、

日々旅にして旅を栖《すみか》とす」と言っているのは、今日風に言えば一定の職業に限ったことではない。戦場のような職場に過ごすサラリーマンのおおよそも、自営業者も「日々旅にして旅を栖《すみか》と」しているようなものだ。人の一生が旅のようだという現実は根源的に変っていない。はばなしい変化に対応している家庭生活においても日々は「旅」だと意識せずにはいられまい。つまり「旅」と「日常」とを接近させて「わが人生の一瞬」として旅にあれば、旅の歌はもっともっと面白くなるはずだ。少なくともそこに人間そのもの、人生そのものが籠って詩情を強く漂わせることになる。つまりわれわれが今経験している旅は、日常と区別する必要がない。近日常として、生活の延長上に旅を位置づけ、それを意識した作歌をすれば歌が親しくかつ豊かになる。

万葉人の羇旅の歌を見ても、同じである。例えば次のような歌は旅にあって日常たる恋人をひたすら思っているのである。こんな人間性をあらわに出すのが旅の歌の真の姿ではあるまいか。

吾妹子《わぎもこ》に触るとは無しに荒磯廻《ありそみ》にわが衣手は濡れにけるかも　作者不詳（巻十二3163）

草枕旅にし居れば刈薦《かりこも》の乱れて妹に恋ひぬ日は無し　〃（巻十二3176）

「刈薦の」は乱れに掛かる枕詞である。「乱れて妹に恋ひぬ日は無し」など、旅と日常とはまさに差はない。

更に例を挙げることができる。斎藤茂吉の「疎開漫吟」は一種の旅の歌である。

かへるでの赤芽《あかめ》萌えたつ頃となりわが犢鼻褌《たふさぎ》をみづから洗ふ　『小園』

蔵の中のひとつ火鉢の燠《おき》ほりつつ東京のことたまゆら忘る　〃

「たまゆら忘る」ということは常々忘れ得ないのである。また、佐藤佐太郎の東京を離れ銚子入院中の作も「旅」の歌である。

廬山にて酒許されし淵明の場合をおもひ酒のみゐたり　『天眼』

みづからの顔を幻に見ることもありて臥床《ふしど》に眠をぞ待つ　〃

家を離れ遠く入院生活をする。いわば旅だがそこで経験することは非日常に似て日常に他ならない。病室で酒を許されるということにも、自分の顔を幻に見るということにも、妙に人間が出ているではないか。

ここにベルギー生まれでアメリカの詩人メイ・サートンの詩（武田尚子編訳）もある。

老年とは

未知の世界の探訪
そう考えれば
何とか受け入れられる
（略）
一日一日が旅だから
家はわたしの奥の細道
上り下りの坂があり
遠回りする小道もある
（略）

（『一日一日が旅だから』みすず書房より）

詩のごく一部だが、刻々と死に向かう日々を旅と捉えているのである。旅と日常との差をつけないということは、こういうことである。

3　歌人の旅の出会いは全て好運にすることができる

こんな経験がある。三十代の半ば頃、私は学校現場を離れ大学に戻り、一年間の研究生活をする機会に恵まれた。その年の暮、この機会を生かして私は教育文化視察を旨としたあるツアーに混じり初めてヨーロッパに遊んだ。冬のヨーロッパは極夜で、午前十時頃にやっと夜が明け、午後三時には暗くなる。ロンドンなどはその上に深い霧がたちこめているから、風景らしい風景が見えない。おまけに大英博物館は年末年始の休暇に入ってしまって入館できず、募集案内とひどく違う内容の旅になった。しかし私はすでに作歌を本気でやっていたから、こんな経験をありふれたものでないと受け止めて、歌も多く作り、随筆も相当に残すことができた。

ところが同行者は約束が違うわけだからおさまらない。添乗員を吊し上げる様なことにもなり、帰国してから不満者の代表がわれわれから委任状を集めて、会社と掛け合い旅費の相当額を返させた。私は返金はちゃっかり貰ったが、この旅も私にとっては意義深く、「冬の旅抄」として第一歌集『街樹』に彩を添えている。随筆はのちに『アンデスの雷』に収めて今でも懐かしい。

観光目的の旅と歌を作るわれわれの旅とは全く違うということである。雨や雪に遭えばそれはそれでよく、晴天も当然よいのである。旅が日常に近いと思えば、極夜を経験できたことなどは好運とも言える。

アンデスの旅では、手配してあった飛行機会社が、われわれの旅行中に倒産してしまって、周囲に何もない辺鄙な空港で半日無為に過ごすという経験をした。おまけに倒産した飛行機会社の労働者を支援するストが街中に展開され、怖い思いと、日程を切り上げて朝早く移動しなければならないというハプニングにも遭った。旅でこんな経験はない方がよいに決まっているがあればあったで歌人にとっては他に例を見ない歌を作り得るチャンスであるのである。


四五人が妨害の石置くさまや異民族ゆゑことごとしけれ　『遠遊アンデス』

航空会社倒産したるあふりにて半日無為に救援機待つ　〃

とにかく当たり前の経験ではないから、私はこんな歌を残したが、珍しい歌には違いあるまい。つまりどんな経験でも作歌を中心にすればプラスに変えることができるのである。それが歌人の旅である。この旅で、思いがけず昼に北アメリカ大陸を横断し、アメリカの偉大な自然をつぶさに見ることができた。こんなことも得難い経験であった。

更に敦煌の旅では砂嵐に遭って、西安空港で足止めに遭うということもあった。黄砂が重く垂れ、視界を遮っている風景は決して快いものではない。しかし、こんな経験は旅の味わいとして歌に生かせば平凡な歌にはならない。黄砂でおぼろに見える月などは複雑な思考を促し、人間性に迫る旅情を誘う結果になった。翌日漸く飛行機が飛び、着いた敦煌は、再び砂嵐の真っ只中だった。私は、好運に感謝して、人の歌にしていない世界を思い切り詠嘆することができたのである。

いくたびもバスたぢろぎて砂嵐強くなるなか戈壁灘《ごびたん》をゆく　『新光』

右にたつ砂塵ひだりに立つ砂塵見ゆる限りの地は砂はしる　〃

大自然のエネルギーに一歌人として私は立ち向かったのである。穏やかに晴れ渡る旅行日和よりは「砂嵐」は歌人にとってはありがたいのである。

要するに歌人の旅には、無駄のようなことはない。プラス思考で立ち向かうべきなのである。

4　短歌の旅は必然性により演出される

敦煌の旅のとき同行した友人は、兵士としてその父親が歩んだコースだということにこだわった。こういう縁があれば他の誰も真似ることのできない必然性がその個人の旅に添うことになる。当然その旅の歌の内容がより豊富になり、切実になる。

ある人は、若く夫君に先立たれる。その夫君が生前行きたいと願っていた辺境の国を目指して旅をする。いわば鎮魂の旅だが、こんな必然性があれば歌は輝く。抒情詩としての詠嘆はおのずから深くなる。それぞれの人の旅にはこんな必然性が形を変えて存在しているのではないか。ドイツに娘夫婦が暮らしているなどという例は今日では相当の数となるだろう。こんな縁を旅に位置づけることが作品を特殊にする。即ち旅の歌を作りやすくする演出である。そんな演出も考えるべきである。

ところで次のような拙作を読者諸賢には、どう受け止めてもらえるであろうか。

ラインよりラインに注ぎ濫《みだ》れ立つ滝の河波《かはなみ》しばらく激つ　『蔵王』
川幅のまま滝となりことごとく宙にし躍る弾《はじ》くる水は　〃

私の「ドナウ源流行」では長く尊敬してきた斎藤茂吉の曾遊地を忠実に歩むということによって、旅に必然性をつけたが、更に私には他に密かな挑戦があった。それは茂吉も見ていないこのラインの滝を豪快に詠ってやろうということである。堂々と流れてきたライン河がその二百メートル以上の河幅のまま滝となっている。二十五メートルほどの落差だが急激だから、水煙と河波は共に猛々しい。彼のゲーテも四度ここを訪れ、惚れ込んだ景観で、「この先も絵に描かれたり、文章に記されたり多くの人が感動を伝えようと試みるだろうが、何人によっても確定され、論じつくされることはないだろう」と語ったというのである。それほど人を感動させる自然の姿だ。

私は日本の一歌人として、密かにこのゲーテの言葉に挑戦をしてやろうと思って作歌したのである。結果は別として、こんなことを意識するのも旅の歌に必然性をつける演出である。

5　実相に迫り、固有名詞に頼らない

旅の歌における固有名詞には強い力がある。一人の人間が例えば遠く旅に来てドナウ河の源に立てば、その事実だけでも普通のことではない。一人一人はそれぞれ重い境涯を背負っているわけだから、その個人がその固有の地に立つ意味は重く深い。だから固有名詞は旅の歌にあってはかけがえのない存在である。

それだけにまた頼りすぎると中心がぼけ、感動を薄めてしまう結果になる。茂吉の歌集『遠遊』にライン河を船でくだる歌が八首ある。

ひだりにも右にもせまる山ありて麓《ふもと》の村は水《みづ》にひたるごと

山の上なる古き砦《とりで》の外貌《ぐわいぼう》のこの安定《あんてい》をひとは好《この》みし

などで、この「村」にも「砦」にも固有名詞があるはずだが、それを使わないところに斎藤茂吉の力がある。この一連八首には「ライン」という固有名詞が四回出ているのみである。固有名詞に頼らず、常に実相の奥深くにある真実を捉えるということの大切さは、平生の作歌と何等変らない。

6　旅の方法論

旅にあってよい歌を作るには一人旅がよいか、同じ「詩」を求めるグループ旅がよいか、一つの課題である。

真木悠介著『旅のノートから』（岩波書店）を覗いてみると、同行者が居ないときの方が「魂はとおくまで行くことができる」と一人旅を原則としてきた著者が、「けれども二人づれや集団の旅は、ひとりの旅にはないゆたかさとひろがりをもつことができるということを、ぼくはようやく、わかりかけてきた。世界はみちづれ（たち）をとおして、幾層にも異なったひびきをもって、ぼくたちに呼応してくる」と言っている。更に「これまでの単独行主義というものが、ちょうどその分だけぼくの感性をまずしくしてきたのだということを思い知らされた」とも言い、また「集団の旅において私は、たくさんの目をもって見、たくさんの皮膚をもって感覚し、たくさんの欲望をもって行動する。そして世界は、その目と皮膚と欲望の多様性に応じて、重層する奥行きをもって現前し、開示される」とも言っている。

私は、今までの集団による短歌の旅の経験から全く同感で、短歌を作りやすくするには旅はグループが相応しいと言える。「近日常」体験を旨とする短歌の旅には、ことのほか集団故の大きなメリットがあるのである。

しかし、単独行主義にはまた別の意味もある。角川「短歌」創刊五十周年記念企画「二十一世紀歌人シリーズ」の一冊、波克彦歌集『赤き峡谷』はその典型的な一つの例である。工学博士の学位を持つ作者はエリート会社員として、数々の要職に就き世界を飛び回る生活を四十年近くなし、第一線を退いた今もそれは変らない。まさに企業の戦士として私の知る限り彼ほど多忙な人は居ない。その激務の傍ら月々欠詠をすることなく、作歌を続け二十八年の成果が本集『赤き峡谷』である。

一年に五度《ごたび》の渡航終へ帰る機内にクリスマスの楽の流れて　波　克彦

技術交渉の旅多ければ些かの時差も覚えずなりしわが身は　〃

世界諸国での業余の作が多いのは必然的なことである。機会を生かすのは現代写生歌人の賢い智恵だ。それにしても一年に「五度の渡航」という事実も、「時差も覚え」ない躰になっていることも、かつて誰も歌にしていない世界ではないか。

この旅がほとんど「仕事の旅」であり、「独りの旅」であることに私は、短歌の旅の方法論として重く注目するものである。「独りの旅」の意義は厳然として存在する。

をちこちに噴気立ちつつキラウエア黒き火口の夕暮れてゆく　波　克彦

固まりし熔岩流の黒々と道をおほひて海まで傾《なだ》る　〃

一人の旅でこのようなところが見えるということは、信念が背景にあるからだが、単独の旅の力も忘れてはならないことを思わせて止まない。

7　即詠歌会の意義

グループの旅、集団の旅だからできることでもあるがその場での歌会は、大きな意義を持つ。人が何を見、何を感じているか、大きな切磋琢磨になるのである。短歌の旅にあっては意義深いことである。そして思いがけない参加者を得ることもしばしばである。

残照に対比鮮やか黒き森風に流るる逆光の雲　　松本哲哉

この歌は「ドナウ源流行」に参加した私の友人の造形作家の作である。初めての作歌だが絵画的でなかなかいいではないか。どのような人にも歌で表現してやろうと思わせる何かが即詠歌会にはあるのである。

三、吟行のポイント――積極的に新しい素材に立ち向かう

私の場合、第一のポイントは、敢えて出会い、敢えて邂逅するため、極めて積極的に吟行に出かけることだ。

作歌は、いつでもどこでも、見えるものを見、湧いてくる感興を一首一首にするのが原点である。眠っていても歌を考えているから、夢中の作も出来る。まさに生《せい》さながらの抒情が一般的な作歌の大道である。

しかし、そうした感興をただ待っているだけでは作歌は平板になりやすい。だから私は敢えて詩を求めて出かけてゆく。私たちが気軽に近づける国外にも国内にもまだ誰も歌にしていない諸々が輝いているからだ。オーロラも鯨も蔵王の樹氷も皆そうして邂逅できた。

湧き上がりあるいは沈みオーロラの赤光《しやくくわう》緑光《りよくくわう》闇に音なし　『極光（オーロラ）』

海空に跳べばことさら巨《おほ》き鯨ひきずりあげし波濤としづむ　『鯨の海』

暮りくる吹雪のなかに辛うじて見ゆる樹氷はしろき幻　『蔵王』

私が永く短歌に求め続けている雄渾な世界である。出会い、邂逅は向うからやってくることもある。

まのあたり砂押し移り鳴沙山めぐりて疾風《はやち》とどろきやまず　『新光』

アエロペルーの罷業《ひぎょう》を支援する人らわれらのバスの妨害をする　『遠遊アンデス』

吟行に出て砂嵐に遭ったり、航空会社の倒産にぶつかりその労働者のストライキに遭うのはありがたいことではない。しかし、特異な作品が残せたという点で、作歌者としては好運なのだ。

第二には、チーム化した吟行集団の切磋琢磨は楽しくもあり、一人では決してできないことを可能にする。

吟行は歌会の続きのようなもので、必ず複数の人たちと行を共にする。この集団は作歌を目的としているから、単なる集団ではなく、必ずチームとなる。海外に吟行したとき空港で出会った仲間は、最初は何となくよそよそしい。しかし共通体験をしつつ、即詠の歌会などで同行者が何を見、何を考えているか理解し合うと、もう単なる集団ではなくチームに変る。

私は大学の講義でも同じことを実感した。受講に集まった学生はお互いをほとんど知らない。挨拶さえもしない。ところが短歌の実作に入りお互いの作品を読み合うようになると俄然相親しむ。同じ苦悩を持ち、似た感動を抱く仲間だという思いが強くなって、いわばチームとして、労わり合ったりもするのである。

吟行は、こうしてチーム化した集団が切磋琢磨するから大きな意義がある。同じ経験をそれぞれの個性がどう見るか、たくさんの皮膚によってどう感覚するか、またどのような言葉をもって表現するか。

とにかくチーム化した作歌集団は創作のために激しいエネルギーを放つ。結社の原型のようなものだ。

第三には、吟行のよきチームメイトは同時に、よきライバルであり、それが表現者としてのマンネリ化など作歌上の甘さを打破する。

私のよく知る先進歌人斎藤茂吉でも、佐藤佐太郎でも、吟行をその作歌に上手に生かした歌人である。しかし同行した門人たちに対してその手の内は決して見せなかった。茂吉が最上川の「逆白波」の情景に接したとき、周囲の者に極秘にした話は有名であり、佐太郎にも同じような例は多い。和歌山県潮岬の黒島あたりに吟行したときのこと、左右から潮がぶつかり合って、不思議な現象を見せているところがあった。注目する私たちに聞かすともなく、佐太郎は

「こんなところは歌にならんな」と低く呟く。そんなものかと思っていると、どうもフェイントであったらしく、後に、

右の波左の波とせめぐなくまじはるとなし黒島のへは　**佐藤佐太郎**『星宿』

という作品が発表になる。自然の摂理を捉えて立派な一首であることに驚いたものである。

つまり素材に対しての進取の激しい思いは、師弟、先輩後輩等の関係はなく、対等で、先に歌にした方に権限がある。この純粋な歌人魂がここに働いているわけだ。私の作歌のための吟行はこの精神を忘れない。

Ⅱ

作歌上達のポイント——作歌者への助言

一、私の作歌心得

初学の頃——正師につくこと

私も、本格的に師について短歌を学ぶようになって、五十年近くになる。この間、とにかく短歌が好きで、一度も嫌気のさすこともなく、濃密にこの短歌にかかわってきている。即ち、顧みて初学の方々に三点ほどの助言を贈る所以である。

第一は、抒情詩としてのこの短歌を心から好きになること、愛することである。邪心があればまず続かない。この短歌が本当に愛せるなら、その好きな歌の百首なり二百首なりが諳んじられるようになる。よい歌を諳んじていればよい歌が出来る道理である。初心者はとかく作ることに汲々となるが、先ず短歌を愛し、好きな作品を諳んじることから始めることが望ましい。芭蕉は「無能無芸にして、只此一筋に繋《つなが》る」と言った。同じ心境に行きつくまで、この短歌を愛し、好きになれば人に読まれる短歌作品が生まれること必定である。

第二は、一日も早く本物の師、尊敬できる師に出会うことを勧める。本物の師とは、少なくとも自分が愛し、好きになれる作品を作る歌人であり、その作品の裏付けになる歌論のある歌人である。その著書から学ぶことのできる師、だから場合によっては故人を師とすることもあってよいのである。正岡子規の師は『万葉集』であった。私は初学のころ大きな結社の支部に所属した。歌会などは楽しかったが、やがて支部のリーダーの言うことが堂々巡りし、進歩のないことに気づき、支部を離れ直接その主宰に師事した。義理の悪いことだったがこの判断は正しかった。正師には歌論があるから、常にその原点に返ることができる。歌論がなければ、批評が揺らぐのは当然である。学ぶ方は歌論のない歌人を師とすることはあり得ないのである。

第三は、若い作者、初学の短歌作者ほど古臭い歌を作りがちだということを心に留めておいてほしい。正師について私が先ず悟ったのはこのことであったから。

生意気な新人

高校生の頃、スタンダールなどを読む早熟な青年前期を私は過ごしたが、戦後の自由な空気の中で、貧困などは全く意識せず、何だか無限の可能性のようなものを感じていた。図書室を併設する町の公民館に出入りすると文学好きの青年、壮年が寄り集まっていて、小説、詩、俳句、短歌などを読んだり、実作したりして激しい議論をしていた。いつの間にか私もそんな中に混じっていっぱしのことを言ったり、下手な詩を恐れずに発表したりしていた。今思うと誰もが「文化」「文芸」に餓えていたのだったろう。

だから高等学校にあっては当然文芸部に所属した。公民館での経験があるから、みずからリーダーのつもりで様々な活動をした。その中で同郷の「アララギ」派の歌人、伊藤左千夫、古泉千樫、蕨眞などの生家を訪問したり、その歌集を本気で読んだりしたのは、高校生としてはましな方であったように思う。

だが私が本腰を入れて作歌を始めたのは丁度それから十年後で、歌人佐藤佐太郎に出会ってからである。とにかく私は本能的に佐藤佐太郎の本物性に気づき、その作品、歌論に魅了された。青年前期の一見無駄な経験がこんな判断をさせたのだ。佐太郎門での私はどちらかと言えば「生意気」な新人だった。例えば、

ピラニアは肉食の魚獰猛を内在として動くともなし　『街樹』

などという歌を作って、先輩からは散々な酷評を貰った。新人の作としては確かに生意気に映

ったに違いない。しかし佐藤佐太郎の批評は全く別で評価が高かったのである。こんなとき私は「正師」の存在を意識した。

言ひ難き過去を弔ひゐる如く地下の茶房に髪の香こもる　『街樹』
テロリストの父なる老が民族の倫理によりて涙をおとす　〃
玄関にわが退廃の匂あり妻より早く帰り来しかば　〃
いにしへのロゴスのごとき心理的充足ゆゑに人に知らえず　〃

などみな私の入門当初の作品で、「生意気」な一面が出ている。それを私の特色として認めてくれたのは、佐藤佐太郎ただ独りであった。随うべき「正師」はおのずから決まったのである。

私の歌作りの基本

例えば陶器の作家で言えば、朝目覚めたら先ず仕事場に向かって作業場所に就く。そして粘土をこねるなどの作業を順序よく、かつ根気よく一日中しなければ作品は出来ない。しかも全く同じような仕事を毎日毎日繰り返してゆくのである。それを見たある小説家は、小説作法の第一は、とにかく朝起きたら机に就き、原稿用紙に一日中向かい続けることだと悟ったという。なかなか面白い話で真実はこんな平凡に近いことにある。創作意欲、達成感、あるいは成就感などという創作の原点のようなことはその後から自然についてくるものであろう。

比べて短歌は、何時、どこでも、どんな状況にあっても作ることができる。手帳とボールペンのような筆記具を携帯していれば、作業場も要らないし、机も原稿用紙もなくて済む。現に乗り物の中や散歩の途次、会議中などに出来た作品のない歌人はまずあるまい。もちろん歌人も仕事場が必要だし、机も要る。しかし、集中力さえあれば、短歌作者にとってはあらゆるところを創作の場所にし得る。現に私の仕事場は、車中、機中、酒房、茶房、寝床等ということが少なくない。四六時中、短歌を考えているから、結果的にもそうなるのである。譬えて言えば、二十四時間営業のコンビニエンスストアーのようなものだ。眠っていても、酒に酔っていても歌を考え続けている。私の頭の中はほぼ百パーセント短歌のことだけである。だからメモの用意がなくては過ごせない。だからまた夢中の作も出来る。夢で歌が出来てくるようでないと私は低調期にある。これが基本の第一だ。

第二の基本は、「見る」という行為の徹底にある。見ているようでいて人は見ていないものだ。作歌といっても人さまざまで幅広いが、私は自身の経験を重んじ、自身の生きている周囲にある限りない詩的な輝きと鳴動とを何よりも大切にしている。そうした輝きと鳴動とが見え、聞こえているからそれを懸命に詠嘆する。即ち「見る」ことにこだわるのである。

経験を重んずるということは、その経験の軽重を見抜き歌にすべく「何を見るか」あるいは「何が見えるか」によって決まる。このごろこの「見る」という行為がどのようなことか私は改めて悟っている。先にも紹介したが、佐藤佐太郎の「游金華山」という一首がある。

島あれば島にむかひて寄る波の常わたなかに見ゆる寂しさ　『天眼』

昭和五十二年の五月に金華山に遊んで、島に立って見ると「寄る波」の実際は、どの方角からでもその島に向って押し寄せてくる。もし海の波が一方に押し寄せるのみなら、島の南側に波が寄れば北側は寄らないはずだ。どんなに小さな島でも「島あれば島に向ひて」四方八方から波は寄るのである。不思議な自然の摂理というものである。この発見をして半年も過ぎて、この歌は完成した。ということは、五月に金華山に遊んだとき、作者はこの現象を「見始めた」にすぎないのだ。「見た」のでも「見えた」のでもない。それから半年の間、どういう言葉をもって表すか、この「見始め」を契機に考えを積み、血が通い、体温のこもる一首となって初めて、「見る」という行為は完成する。即ち「見た」という経験になるのである。図式化すれば、

見始める＋思いを積む→一首と成る＝見る（見える）

となる。多くの人は「見始めた」にすぎないところで「見た」と錯覚するから、ものが見えないでしまうのである。つまり経験の意味が分からないでしまうのでもある。

第三の基本は、メモを上手に取り、上手に生かすということ。歌人にはメモ派と非メモ派とがあって、後者の中には、メモをしなければ忘れてしまうような歌はたいした内容ではないと豪語する向きもあるから、徹底的なメモ派の私などは少々気がひけないでもない。

しかし、初心者を作歌教室、短歌の旅などで見守っていると、メモの取り方をマスターした人は上達が早い。これは確かな事実である。

私がメモを重視するのは、一日一日、その時その時の経験を大切にし、あらゆる出会いを一期一会として尊ぶからである。山川草木、花々、鳥獣魚介、自然の摂理、天象、去来する数々の思い等々、みな「見始めた」ものだから、ここから「見る」ことを完成させなければならない。そのために私は、身近に必ず作歌手帳を持つ。ポケットには厚紙カード（用済み各種招待状）を手帳の補助として用意している（居酒屋のコースターもよく使う）。鞄にはＡ４のスケッチブック（車中浄書用。夜は枕辺）。そしてポケットにも鞄にも愛用のボールペンと万年筆を忘れない。

作歌秘伝

私が密かに心がけていること七つの秘伝。

一、人の作品は「詩」であるからこれを読むとき、理屈で読まず、胸で受け止めること。作者、作品を水平線上に置いてしっかりと読み、まずよき読者であること。どんなに初心者の作品でも、決して自分が優位に立って見ない。自分にないよさを見逃さない。どんなに多力者でも、他人の作品を見下して見る者は、自分がそれだけの力しかないことであり、進歩が止まっていることである。批評には愛が必要である。

二、整って淡い作より、欠点があっても内容の濃い作の方が上であること。必死に作った作には上手下手を超えて心打つものがある（ディオニュソス的な作歌態度と私は言っている）。

三、歌のよさは声調、調子にある場合が少なくないこと。

四、語気の生きている作品を見落としてはならないこと。

五、仮名遣いの誤り、語法の違い、日本語の正調から外れていることなどは極めて積極的に改めること。

六、丁寧にしっかり歌を作ることによって、百四十歳まで生きられるということ。中国の北宋の詩人蘇東坡の詩に、

無事ここに静坐すれば
一日両日に似たり
もし七十年生きなば
すなはちこれ百四十年

というのがある。この精神を生かす。

七、どんな歌をどのくらいの数（量）を作ったら歌人か。斎藤茂吉の言っていることを要約すると次のようになる。十年、三十年あるいは一生涯自分の生命・生活というものを現し得れば、必ず天地に通ずるものが五十首なり、百首出来るに相違ない。生涯に百首の秀歌があれば大歌人といって差し支えない。源実朝でも秀歌は五十首くらいだ。これなら、多くの短歌作者は納得できるのではないか。

考えてみれば柿本人麿でも山部赤人でもそんなにたくさん秀歌があるわけではない。

作歌上の勘違い

第一、「短歌写実」と「短歌写生」について同一に思うのは、大いなる勘違いである。

どちらも日本文化の近代化に伴って西洋文明の深い影響を受けたリアリズムという文芸論の範疇には入るから、共通するところは少なくない。しかし、「短歌写生」論は正岡子規を源として、斎藤茂吉がきちんと立論している歌論であり、当然後続歌人を多く生んでいる。一方の「短歌写実」論という歌論は誰がどのように立論しているのか。西洋文芸におけるリアリズムが「写実」と翻訳されて、そのまま漠然と使われているように私には思えてならない。小説の方では自然主義文学という形で日本化して進展した。同様の意味の「短歌写実」論ということであれば、西洋文芸が追求したリアリズムとの共通点と差異とが明らかにされるべきであろう。なぜなら『万葉集』を持つわれわれの短歌はすでに「写実」の作品を多数擁しているのだから。しかも、「写実」、「写生」という言葉は江戸中期から、絵画実作上の理念として使われている。

よくよく考えてみれば、西洋の韻文におけるリアリズムがどういうものなのか、日本の抒情詩としての短歌の中に脈々と流れている「実体験」を直視した作品群とどのようにかかわるのか。更にそうしたなかで「短歌写実」がどう位置づくのか。曖昧ではなかろうか。だから私は

「短歌写実」ということを言わないし、「写実」の歌人と言われるのも好まない。
私の目指す「現代写生短歌」における「写生」は、「写実」を超える概念として位置づく。このことは後に詳述するがここでは結論だけを言う。

「現代写生短歌」は「写実」を超えて、①実の写生（―この世にある物の真写）。②気の写生（―人の目には見にくい、例えば動勢、力強さ、愛らしさ、気迫などをとらえる世界）。③「虚」の写生（―目で見ることのできない架空のもの、人々の持つイメージとして定着している動植物、人々の心の中にある想像上の龍、麒麟《きりん》など。夢、幻の世界も含まれる）が対象となる。あくまでも作者の詩的衝迫に従うから、実作に当たってはこの三点は複合し、虚実混交、気実混交、気虚実混交などの世界となって作品化されるのである。

「実の写生」がただちに「写実短歌」ではない。しかし「短歌写生」が理念として「写実」を超えて求められている概念であることを忘れてはならない。ましてや短歌の「写生」をスケッチ程度に思うのは論拠がなく、言語道断なことである。

第二、物の核心・真実は分かってみれば単純であり、一見平凡である。わざわざ複雑に、敢えて深刻そうに詠うのは勘違いである。

短歌という器によって、われわれが必死に表現しようとしているものは、おのおのの生活体験の中にある「詩」である。その「詩」になるべく夾雑物を入れずに、直接に端的に表現するのが短歌である。

奇抜より率直、華美より質朴、虚飾より真実、複雑より単簡、軽より重、冗漫より抑制が大切にされる。このことを常に念頭にして、作歌することが何より大切で、これが緩むと歌は堕落し、くだらなくなる。その例は現歌壇に蔓延している。われわれは難しい事をしようとしているのではない。

生活を単純化して生きんとす単純化とは即ち臥床なり　斎藤茂吉『つきかげ』

という作など、核心を突き、しみじみ読むと深刻である。しかし、一首の歌の表現はシンプルであり、一見平凡にさえ見える。歌はこういうものである。

第三、現実や事実には論理を超えた力があるが、それらに囚われすぎ、こだわりすぎると詩の表現にならない。ディフォルメや装飾が要らないと思うのは勘違いである。

例えば、やはり茂吉晩年の歌に、

山茶花《さざんくわ》はしろく散りたり人の世の愛恋思慕《あいれんしぼ》のポーズにあらずして　『つきかげ』

という作がある。山茶花の白い花の散り様は、人の世にある、いくばくか気取ったあるいは未練がましい愛恋思慕の形とは違って、さっぱりしているというのである。こう言ってあたりの雰囲気をよく伝え、感じ方に飛躍があって短歌を読む楽しさを思わせてやまない。門人の佐藤佐太郎の伝えるところによれば、原作は紅梅だったという。紅梅では、この雰囲気は出ない。事実に囚われず山茶花にしているのである。われわれの現代写生短歌はこういうことを容認して作品の響きを大切にする。また、同じころの茂吉の作に、

場末をもわれは行き行く或る処満足《まんぞく》をしてにはとり水を飲む　『つきかげ』

という歌がある。戦後の東京の場末ではこういう光景も見られたのである。いきいきとその様も、作者のそのときの心境さえも思わせる。やはり佐太郎が初案を伝えている。「かこひの中の鶏《にわとり》水のむ」であったという。これでは平凡で何の面白さもない。それを「満足をして」といわば「気」を捉え、デフォルメしているから、一首が強く響くのである。

こういう例は茂吉にも佐太郎にも少なくない。「詩」の表現だから当然こうなるのである。より質の高い作品を作ろうとするとき忘れてはならないことである。

第四、定型詩であることを不自由と思うのは勘違いである。

一つの物の言い方を身につけるのだから、むしろ自分の思いが言いやすくなり、心に翼を持つようなものである。この言い方を古臭く感じたり、好きになれない人は作歌には縁がない。短歌の定型が奴隷の韻律だという議論のあった時代は過ぎて、今日ではこの形式を窮屈な詩

形だという歌人はほとんどいない。しかし、実作者は、この詩形の積極的な力を感じるところから、作歌力がより向上し、作品内容が深まる。永く作歌をすればするほどこの定型が自在に自分の思いを伝えてくれる翼であることに気づくはずである。

古いといえば古い形式であるが、永い伝統によって鍛えあげられているから、この形式、物の言い方を、自分のものにしたとき、自分の思いを自在に伝えることができるのである。

寺山修司が、若くしてその才能を発揮した背景には、みずから言っているように、若くしてこの詩形が自分の思いを自在に伝えるということを悟ったからである。

第五、師につくこと・結社に所属することを窮屈に感じたり、縛られると思うことは勘違いである。

優れた短歌の作者がいれば、胸襟を開いて教えを受けるのが普通である。よき指導者とはよい作品を作り、その作品を支える一家言のある歌人、よい歌集と歌論のある歌人である。本物の歌人は少なく、俗物の歌人ほど偉そうにするから、なかなかよい師に巡り合うことは難しいが、『徒然草』に言うように、何事にも先達は必要である。反面教師ということも含めて、師を求め、友を求めて結社に所属するのが正道である。

なぜなら、短歌は原則的に無償の文芸で、近代短歌は、その無償の文芸の発表の場として、また伝えあう場として、優れた歌人を中心として会費制の「結社」が出来、「結社誌」が作られてきているからである。短歌というこの抒情詩が日本固有のものであるように、結社も日本固有のものである。これを大切にし、磨き合うことによって「短歌」そのものも進歩する。つまり、歌壇という存在は、作歌者が自分たちで支え合って世にあるのにすぎないのである。私は、永く歌壇を見守って、これを忘れている人が独善的な作歌を続け、結果的に全く進歩していないことも知っている。

二、作歌者への助言

「実の写生」を超えるもの

この頃は「短歌写生」についてはほとんどの歌人が論じない。正岡子規以来の歌風の作歌者たちは「写実派」とひと括りに言われ、その作品は写実短歌と言われている。そして全国にこの写実派の歌人は相当の数になるはずだが、あまり違和感を抱くことはないらしい。大きく捉えれば、文芸における「写実」と「写生」とは近接しているからであろう。しかし、実作に重きを置いた江戸時代の絵師たちもすでに「写実」を超える概念として、「写生」を追求していたし、斎藤茂吉が立論し、近代短歌を導いた短歌写生論は、特に没後に刊行された『短歌初学門』に明らかだが、「写実」と「写生」とは区別して考えている。

私は、だからこの写実派に分類されることを好まず、自らは現代写生歌人だと、ことあるごとに書いたりしている。その由って来ているところをここではいくばくか書かせていただく。

もともと子規の初期短歌写生論は、俳句の影響の強い、方法としての「写生」であった。それに茂吉は、芸術創作としての「心の据《す》え方」・「ディオニュソス的な文学的な態度」を付け加えて「短歌写生の説」としている。われわれがものを認識するとき、知的に受け入れることのできる認知的な要素と、経験や実作を通さなければ身につけることのできない情意的な側面とがある。前者の認知的な面は教え学ぶことができるが、後者の情意的な側面は何人もみずから悟入する以外に方法はない。茂吉の「短歌写生の説」は、後者の情意的な側面を重んじ、認知、情意混交の気概のようなもの（性根・態度）を短歌創作、詩創出の根幹としているのである。このことを忘れると短歌のような小文芸は活力を失う。斎藤茂吉の「短歌写生の説」がトータルな創作論であったということを今日特に忘れてはならないと思うのである。

ところで私には、平成十五年（二〇〇三年）に開かれた円山応挙の特別展で知った応挙の写生画の実際にひどく共感し、以来短歌に応用して考えていることがある。円山応挙は江戸中期の画家で、狩野派の写実画法を身につけた上に、「写生」により、新画風に到達し、日本画の近代化に貢献した人である。その応挙の写生画は「実の写生」による作品のみではなく、「気の写生」「虚の写生」になる作品が実際に多く残されているということである（そのときの「写生画創造への挑戦」で、解説に当たった佐々木正子氏の分類）。

実の写生―この世にある物の「真写」。応挙の孔雀や鶏は金網を張って守らないと逃げられてしまうくらいのリアリティに満ちている。

気の写生―「写生」は、基本的には目に見える世界が対象だが、人の目に捉えにくい、例えば動勢、力強さ、愛らしさ、気迫、気品、気配、風情、生命観、感情等を描いたものである。応挙は竹の葉の表情から雨や風を感じさせたり、氷を緊張した雰囲気によって描出している。

「虚」の写生―応挙は目で見ることのできない、架空のもの、人々の持つイメージとして定着している動植物、現実にはないが、人々の心の中にある像などを絵にしている。例えば架空の動物、龍の迫力ある絵などである。

この三つは実作に当たっては複合し、虚実混交、気実混交、気虚実混交などの世界となって作品化される。円山応挙は「写生」に徹することによって見事に「実」の写生のみではなく、「気」の世界も、「虚」の世界も作品化したのである。

これは「短歌写生」においても変わることはない。むしろ積極的に当てはまると言っていい。茂吉のごとく「情意」を重んじ「写生」に徹すればおのずから「気」の歌が生まれ、「虚」の作品も生まれてくるであろう。例えば、難解歌として有名な茂吉の作、

たたかひは上海《しやんはい》に起り居たりけり鳳仙花紅《あか》く散りゐたりけり　　**斎藤茂吉**『赤光』

という作がある。鑑賞に当たる歌人たちを困らせている作品である。土屋文明編の『斎藤茂吉

短歌合評』を見ても、松原周作は茂吉自身の『作歌四十年』を引用し、同感した上で、「炎天の日盛りに散っている赤い鳳仙花を見、上海の動乱を思っている。その雰囲気がわかってよい歌だ」と言っている。どこか物足りない言い方である。近藤芳美は、「私はそのころの茂吉の作品の中では、物足りない平凡なもののような気がする。それは三句から四句につづく個所の転換と、そのための若気の思わせぶりのためだと思う」と切り捨てている。土屋文明は「なんでもないことを二つ並べて、そこに一つの雰囲気を作り出すという巧みさは、今でもなおくりかえされて役に立つ手法」と評価している。その上で「この歌は、軽く巧み過ぎて、不賛成の意を表したところ、作者はひどく不満であった」と書いている。

　これを「気の写生」の歌とすれば、上海の動乱を心にかかってならない一人の人間が居、目前には暑い日盛りに鳳仙花が盛んに花を散らしている。そういう状態を描写して、目に見えない、社会の気配、緊迫感のようなものが出ていると言えるのではないか。土屋文明が言っていることに近いが、「実の写生」にこだわらず、「気」を捉えているのだとすれば理解は速いのである。茂吉は当然「気の写生」などということは意識していない。しかし円山応挙がそうであったように「写生」に徹することによって生まれている世界と言えるだろう。

赤茄子の腐れてゐたるところより幾程もなき歩みなりけり　　斎藤茂吉『赤光』

にしても、同じく「気の写生」の作として理解すればよく分かるし、

とほき世のかりようびんがのわたくし児田螺はぬるきみづ恋ひにけり　**斎藤茂吉**『赤光』
むらさきの葡萄のたねはとほき世のアナクレオンの咽を塞ぎき　〃『寒雲』
天際に触れたりといふうらわかき女媧氏の顔を思はばいかに　〃『つきかげ』

などは、「虚の写生」として理解すれば、想像力もより発展するであろう。

土屋文明はどちらかと言えば「実の写生」を重んじた歌人であろう。しかし、生涯「写生」に徹した歌人だから、みずから、気虚の世界に飛躍している作もある。気虚実の写生と言う鍵をもって、これらの作に向かえば限りなく想像を広げることができる。

うらぶれて草吹《くさふ》く風《かぜ》に従《したが》はば吾《われ》は木《こ》の間《ま》にかくろひなむか　**土屋文明**『ふゆくさ』
罪ありて吾はゆかなくに海原にかがやく雪の蝦夷島は見よ　〃『山谷集』
横《よこた》はる吾は玉中《ぎよくちゆう》の虫にして琥珀《こはく》の色の長き朝焼け　〃『韮菁集』
おもかげに立ちくるものを谷のかげ今かおよばむ藤なみのはな　〃『自流泉』
ゆふかげに立ちにほへれば吾が齢《よはひ》もとどめ得むかも藤なみの花　〃『自流泉』

正岡子規の作でも、例えば、

瓶にさす藤の花房みじかければ畳の上にとどかざりけり　正岡子規
瓶にさす藤の花ぶさ花垂れて病のとこに春暮れんとす　〃
世の中は常なきものと我愛づる山吹の花ちりにけるかも　〃

などの作を「気の写生」により読み解けば、直感像として捉えられた世界により豊かに遊ぶことができるのではないか。「写実」という言葉だけでは評価しきれないところである。

われわれ大の大人が「詩」を求めて作歌するとき、あくまでも「実」にこだわることになる。自分の生を送る舞台としての現実は、それぞれ人によって入り組み単純ではないが、どんな生活の場にも、周囲には限りない「詩」が輝き、轟いているからである。しかし、この「実」の世界からはおのずから「気」が漂い、「虚」の世界が広がっている。これらを引きくるめて、何よりもディオニュソス的に、かつ自由に、更には雄渾に詠いあげてゆくのが、現代写生短歌の方向だと私は考えているのである。

自然における素材とその詠い方

自然を素材に詠えるということは作歌者にとって大きな喜びである。大自然でも身近な自然でもそれに対峙し、一首の歌が出来るということは、自然の意味するもの、自然と人（作者）とののっぴきならない摂理などに気づくことで、表現者として限りない満足感とともに、存在意義のようなことまで実感し得る。そうして人は敬虔にもなる。

その逆に自然が詠えない作歌者は（敢えて詠わない者も含めて）、狭い世界に生きていることになり、いまだ作歌の喜びも中途である。みずからは気が付かない場合が少なくないが、そういうものである。これは単に短歌作者だけに限ったことではなく、あらゆる芸術の作者が、経験的にそう感じているはずである。優れた芸術の多くは自然を母として生み出され、この世に残っているという事実がそれを思わせる。

ところが、自然はわれわれの目前に明らかに現れているのに、そこに詩を感じ、美をくみ取り、響きを聴き得る人は少ない。つまり作者のものとすることはやさしいことではない。

そこで、作歌者として自然をどう素材とするか、幾つかのポイントを示すことにする。

一、まず歌になる自然か、ならない自然か判断する

自然を素材にする場合、歌になる自然とならない自然とがあるということをまず第一に悟る必要がある。

要約すれば次のようになる。

歌になる自然

①その自然が荘厳で魅力に満ちているもの。結果的に今まで人が歌にしていない光景であること。エベレスト山、泥火山、オーロラなどはその例である。

②作者の人生と深くかかわっている自然。同じ山岳を見ても、登山を愛する人が見る場合、あるいは郷里にある山などで作者の人生と深くかかわっている場合は当然生きる。海でも海に生活する人、あるいは郷里の海、戦場だった海などには歌になる必然性がある。作者と縁の深い人がかつて見ていた自然。斎藤茂吉が愛した蔵王を例えば私のようなその門流が歌にするときがこれにあたる。曾遊の地を高齢になって訪ねる場合などもこの例である。

③間接体験、例えば小説などで出会った自然を実際に見たとき、などである。

歌にならない自然

①その対象とする自然が平凡で、ありふれているもの。偶然に出会った普通の風景は多分にこ

の例になる。
②作者の人生にそれほどの意味を持っていない自然。例えば、物見遊山に行ったついでに出会った風景。
③間接体験、即ち、小説、テレビなどで見た自然をその場で見たように詠う。見てきたような嘘を言う、のであるから詩にならない。
歌になるか、ならないかの判断は感覚的、直観的に全精神でするもので、その作者の天分がものを言う。「悟ること」はできても、「教えること」のできないところである。「自然」のみではなく短歌の素材全てについて同じである。落ちているものを何でも拾うのではなく、「詩」の作者としての選択が前提になる。

二、自然を歌にする三つのアプローチ

作歌はいつでも、作者が随所に主となって、自分の影を込めて成り立つ。自然を素材にする歌は、その一首一首に作者が籠っていないとよそよそしいものになる。整理して言えば次のようになる。

①必然性のある対象――随所に主となる

国の上に光《ひかり》はひくく億劫《おくごふ》に湧《わ》きくる波のつひにくらしも　**土屋文明**『少安集』

例えばこの歌、九十九里の広大な海の厳粛を捉えて秀歌である。この歌が強く人の心に響くのは、偶然ここに立って海を見ているのではない何か大きな力を感じさせるからである。土屋文明は伊藤左千夫の門人で、特に敬愛をこめて左千夫の郷里の海を見ているのである。左千夫には九十九里の名歌もあって当然それも意識している。向こうに見える自然にはこんな人間とのかかわりがある。こういう必然性を生かすことが自然を詠うポイントになる。

必然性をもたらすのは、人間関係だけではない。歌人として初めて出会う自然への畏敬を抱くというのもそのひとつである。

氷塊のせめぐ隆起は限りなしそこはかとなき青のたつまで　**佐藤佐太郎**『冬木』

夕光《ゆふひかり》あまねきときに見るかぎり無塵無音の朱き砂のみ　〃

オホーツクの海を閉ざす氷塊群、そういうものを求める詩人の心はそれだけで必然性があるのでもある。砂漠でもそうである。初めて砂漠の上空を飛び、その新しい体験を凝視するのは純粋な詩の心である。それも作歌に必然性を与えることである。

②摂理の発見

自然には分かれば人を感動させてやまない摂理がある。それをわが目、わが全身で発見したとき、歌は衝迫として湧いて出る。

雲のうへより光が差せばあはれあはれ彼岸すぎてより鳴く蟬のこゑ　**斎藤茂吉**『暁紅』

例えばこの歌などは内から湧き出た作である。「より」の重出などもあえて残し、自然流露であることを思わせる。それにしても一旦絶えた蟬が差す光によって、彼岸すぎても鳴くという発見は、自然の奥深さを思わせてやまないところである。

季《とき》の移りおもむろにして長きゆゑ咲くにかあらんこの返花《かへりばな》　**佐藤佐太郎**『群丘』

「返花」は季節外れに咲く花で、つつじや藤は秋の暖かい日によく返り咲く。桜等も咲くことがあるが一般には狂い咲きなどと言ったりする。その花の摂理をしみじみ思い、季節が急に移らないからだと発見をしている歌である。こういう発見があれば自然は親しい素材である。

③先取性

人より先にその素材を詠いあげるという意識は、自然を素材とするとき大切なポイントのひとつである。

直ぐ目のしたの山嶽よりせまりくるChaos《カオス》きびしきさびしさ　**斎藤茂吉**『たかはら』

昭和四年初めて飛行機に乗った茂吉の歌である。角度の違うところから自然を見るという経験だから、先取性を意識して、あえて破調にして詠っている。

三、自然は人によって違って見える

例えば那智の滝など大勢の歌人によって、詠われている。しかし、詠いつくされるということはない。つまり那智の滝は黙って流れているだけで作者がそれに肉迫するのだから詠む主体によって異なる道理である。ということは人がすでに詠っている対象でも作者個々に必然性や、摂理の発見があればいつでも歌になるということである。有名な例に、

冬山の青岸渡寺の庭にいでて風にかたむく那智の滝みゆ　**佐藤佐太郎**『形影』
瀧の水は空のくぼみにあらはれて空ひきおろしざまに落下す　**上田三四二**『遊行』

などというのがある。どちらも秀歌で、自然は詠いつくせなく、限りない魅力に満ちていることを思わせてやまない。

四、自然を詠えれば歌の世界が広がり、詠えないと抽象、空想に行きやすい

生涯の作歌を顧みると、誰でもそうで、若い時代はどうしても素材が人間そのもの、生活、社会、恋愛、人生というものに重きが置かれる。そういう世界に強く心を注いで生きている時代だから、当然であり、どういう人にとってもごく普通のことである。そういうときに無理やり「自然」を歌に作ろうなどと思う必要はない。

私も、或るとき、君も自然の歌が詠めるようになるとよいのだがという助言をもらった。そのころ、自ら一種のマンネリズムを感じ、若い歌から飛躍をしなくてはならないという思いが強くなっていた。さまざまに工夫をして、作歌傾向が知識偏重の技巧、独断、抽象、空想に傾きつつあった。

そんな方向より、「自然」には無限の詩の世界があるよ、というのが「君も自然の歌が詠めるようになるとよい」という助言であった。私は賢くそれを悟って、自然の涯のない世界に今挑む作歌をしているのである。

旅の歌について

現代短歌の行方を考えるとき、例えば旅の歌の今日的な在り方を究めるだけでも、その可能性は無限であると私は思う。われわれの作歌は経験を尊重し、日々の瞩目を一期一会として重視するところにその根本を置いているから、旅は作歌の大切な機会である。斎藤茂吉が歌集『遠遊』の後記で「外国の風物に接するにあたつては、歌の表現にもおのづから変化があらねばならぬといふ予感があつた。また実際に当つてもその心構が常にあつた」と言っているが、こうした思いは歌人の誰もが考えていることであろう。旅の未知なる体験はわれわれにかつてない新しい歌を作らせる可能性をもっている。旅は歌人にとって魅力に満ちたものであり、いいところに旅をすればいい歌が出来るはずである。万葉人も西行も芭蕉も旅はその詩の源泉であった。もちろん詩人ばかりではない。古今東西のすぐれた芸術家は旅を糧としている。画家などでも新しい景勝の地を求めそこに腰を落着けて描くことによって、新境地を拓いている。音楽家でも旅は作曲の着想に大きくかかわるという。メンデルスゾーンの「フィガロの洞窟」は、旅でその洞窟を見た印象を音楽によって伝えているものだそうである。写生歌人である私には誠に興味深いことだ。

その上に今日は、世界が比較的平和で国際化が進み、相当のところまで旅行することができるようになった。そのための交通機関も発達し、生活様式も共通部分が多くなっている。過去の歌人達には不可能であったことが今日では可能であるのだ。私は昭和六十二年の暮、厳冬のアラスカに行き、フェアバンクスから更に奥のチェナ・ホットスプリングスに滞在してオーロラを詠った。

その年八月に逝った師佐太郎への鎮魂の思いがやむにやまれず、そういう行為をさせたが、零下三十度の暗黒の空いっぱいに流動するオーロラを全霊を傾けて見つつ私は満足であった。とにかくこうした、人のあまり見ない、自然の壮厳を求めればそう大変なこともなく取材することのできる時代の、歌人の一人であるということに満足したのである。

ところが、現代短歌をかえりみるとき、旅の歌は一般に面白くない。ただある有名地に行ったというだけで、その地に行った作者の必然性も、対象にある詩的発光あるいは鳴動といったものも捉えられていないからだ。現代歌人で相当に評価されている人の歌でも旅の歌はとりわけよくないものが多い。いわゆる只事歌である。その実例は月々の短歌雑誌においていやという程見ることができる。

そこで私は旅の歌の備えるべき二つの要素を考えている。

（一）

旅の歌が詩として一流になるためには、その旅に作者の必然性がなければならないということが第一である。例えば中国に旅をしても兵士などでかつてその地にあった歌人、あるいはその夫や親の戦死した地等であれば、同じ川の流れを歌っても、その歌の響きにあらそえない重みが出るのは道理である。佐藤佐太郎を中心にかつて北京に旅行したとき、当地で即詠の歌会をしたが、同行の香川美人、榛原駿吉の二人の歌を評して、どうしてもかなわないものがあるということを佐太郎が言っていた。それはこの二人の歌人が、若いときに中国で過ごすという個人の歴史をもっているからであり、二人共若いときから作歌をしていて、対象にいわば凝視の継続があるからである。

旅の必然性はもちろんもっと多様である。商用の途次である場合も、愛読する小説の舞台である場合もあるだろう。そして当然「詩」を求めて、自然の厳粛に迫ろうとするのも歌人にとっては必然的な背景である。

伊藤左千夫が九十九里浜に赴いて、

天雲《あまぐも》のおほへる下《した》の陸《くが》ひろら海広らなる涯《はて》に立つ吾《わ》れは　『左千夫全集』

高山《たかやま》も低山《ひくやま》もなき地《ち》の果《はて》は見る目の前に天《あめ》し垂《た》れたり　〃

砂原と空と寄合《よりあ》ふ九十九里の磯行く人ら蟻のごとしも　〃

などと歌ったとき、九十九里浜が左千夫の郷里であるという背景のほかに、「詩」を求めて自然の雄大さを捉えようとする、歌人として変化を求める必然性があったはずである。同様に斎藤茂吉が初て飛行機に乗って、上空から地上の景観を見たとき、

まむかうの山間《さんかん》に冷肉《ひやにく》のごとき色の山のなだれはしばらく見えつ　『たかはら』

荒谿《あらだに》の上空を過ぎて心中にうかぶ"Des Chaos Töchter sind wir unbestritten."　〃

というような新風の歌を作っているのも、「詩」を求める歌人の必然的な結果である。「詩」を求めるから、新しい景観は感謝すべき出会いとなる。

旅によって歌人が歌の材料とするのは多くの場合、厳然たる自然の味わいである。求めても求め尽せぬ、究めても究め尽せぬのが自然の摂理である。それに挑戦するのは詩人の本来の姿というものだ。勿論それればかりではない。旅行者の眼には、その地の人々の生活も歴史もよく見え、そのうちのいくつかは歌人の心を捉えるだろう。そうした歌もまた親しい。しかし、いずれの場合であっても、作者との縁が背景になければ歌は生きない。たまたま旅行をして、偶

然に眼に触れる素材は、どんなに巧みに詠っても只事の歌にしかならない。

※「Des《デス》 Chaos《カーオス》 Töchter《テヒター》 sind《ジント》 wir《ヴィーア》 unbestritten《ウンベストリッテン》」ゲーテのファウストからの引用。
「わたし達は混沌の娘だ」。

（二）

旅はごく普通には日常生活から離れ、非日常の生活をするということである。ところが歌人が旅に「詩」を求めつづけると、旅と日常との間に差がなくなる。日常のつづきに旅があり、旅のつづきに日常があるようになる。旅が「詩」を求める機会であり、作歌という必然性が日常化するから当然そうなるのである。

佐藤佐太郎はそうした軌跡をはっきりと示している歌人で、現代短歌における旅の歌を考えるとき、忘れてはならない存在である。佐太郎の場合、第六歌集『地表』以後、素材を旅行に求めることが多くなる。そして、「そのため却つて第二義的な素材を捨て去つたといふ事がいへるかも知れない」（『地表』後記）とまで言っている。即ち旅での瞩目を第一義的に考えるまで、一期一会としての自然に「詩」を求めたのである。必然的な変化である。そして、左千夫、茂吉をしのぐ、

氷塊のせめぐ隆起は限りなしそこはかとなき青のたつまで　『冬木』

限りなき砂のつづきに見ゆるもの雨の痕跡と風の痕跡　〃

北極の半天を限る氷雪は日にかがやきて白古今なし　『開冬』

などという歌を作り、天然の厳粛を捉えて一つの極致に達している。

ところがその佐太郎が昭和五十年、バリ島に旅をしてからその旅の歌が様変わりする。この年の春から初夏にかけて脳血栓加療のため千葉県銚子の恵天堂に入院したあと、半年程過ぎての旅であった。そこで出来た歌は、

逢ふはずのなき斑白の人を見るわが全容が鏡にありて　『天眼』

などというものである。旅に出て、ひたすら「詩」を求めるということには変わりはないが、その対象は向うに見える自然ではない。自分自身だというところが今までにない歌である。つまり旅にあって日常と同様の歌になっているところが新しい。老境は作者を無欲にしたと思われるが、そうした境涯がこのような変化をもたらしたのだ。この一連は次のようにつづく。

田を植ゑてつひに貧しきこの島は明治以前のごとくに寂し　『天眼』

ひもすがら鳥とばぬ空くるころ更紗を買ひて妻ら帰り来　〃

歌は対象を確かに捉えると共に、そこに作者の生の影が込められている。旅は日常との間に差のない歌の世界になったのである。この昭和五十年以後、憧憬の地恵州では、

羅浮山の麓と東坡みづからが親しみ言ひし恵州ここは　（昭55）『星宿』

春動く羅浮を望みて立ちし人窮達不到の境に在りき　〃　〃

インドでは、

みづからのあがむる神を他に強ひずして調和あり人おほどかに　（昭54）〃

マニラでは、

たぎつ瀬をさかのぼるとき若者は躰《からだ》ひたりて水に逆らふ　（昭56）〃

ロサンゼルスでは、

昼も夜もしばしば広き道を行くクリスマス前後の町の寂しさ　（昭57）〃

そして最後の旅となった「海南島澄邁」では、

辛うじて八百年経し澄邁《ちようまい》の古き石坂にいまわれは立つ　（昭59）『黄月』

石組みし船着場跡残りをり人見るごとくわれは喜ぶ　〃　〃

というような歌になる。ここではすでに旅という意識すらないように思われる。ひたすら真実を求め、「詩」を追求してこのような境地になった。それはまた本物の「詩」を求める歌人にとっては、日常生活も、活動も旅であったとも言える。入院して年を送り、新年を迎えるということも、蛇崩遊歩道の散策も「詩」と遭遇に感謝する旅であった。昭和六十年、佐太郎は最晩年を迎えていたが、散策から帰って、

わが家に帰り着きたる安心を昨日も今日も庭にわが言ふ　『黄月』

という歌を作っている。ここには厳しい旅を終えて帰り着いた気息がある。このひとときの散策は、死の前年になる作者には、かつてのどんな旅より重いものだったかもしれない。

現代短歌における旅の歌がどうあらねばならないか、今や明白である。

歌から響く品格

一首の歌から響いてくるものは、作者の心情はもとよりその人生観、人物像そのほかさまざまであり、最も恐ろしいことはその作者の品格まで感じさせることであろう。そつがなく、意欲的な歌だが、どこか品がなく、奇をてらい、人目を意識しすぎるというような作品によく出会う。作者が若ければ却って、型にはまらない要素としてもてはやされる場合もあり得るが、歌からにじむ品性が鼻をついて、敬遠されることは少なくない。これは表現を主とする芸術全般の特色で、音楽の演奏、絵画の描写、役者の演技、などなどみな変らず、そのあたりの葛藤の中で名演奏、名作、名演技が生れているのだろう。どの分野でも、一般に抑制された表現が求められるのは、この「品格」の表れ具合の勘案ということになるのかもしれない。落語などの大衆芸能でも、ある師匠が後輩を指導して、品のないやつは品のない話をすると忠告しているのを聞いたことがあるから、これはどんな表現者にも常について回ることであるらしい。

われわれが文学として短歌表現をするとき、ほとんど意図などしないのに現れ、響いてしまうのが「品格」だから、結果論として対峙するしかないものかもしれない。道徳家や宗教家の求めるような「品格」とは当然異なる。そういうものはそういうものとして尊重されるべきであろうが、究極の人間性を探っている文学作品としては、人の心を打たないし、むしろつまらないだろう。しかしまた、倫理に反する処に真実があるのでもないから、作品から響いてくる「品格」をどう感じ、どう考えるかは享受者の感性次第ということになるのだろうか。とにかくこのことを少し考えてみたい。私の最も不得手な素材だが、「品格」の出やすい「恋」や「愛」を詠った作を例にして考えてみることにする。

万葉集にこんな歌がある。

古《ふ》りにし嫗《をみな》にしてやかくばかり恋に沈まむ手童《たわらは》の如《ごと》　（巻二129）

年おいた女でありながら、こんなにも恋い焦がれるものでしょうか、まるで子供のように、くらいの意味になる。大津皇子の侍女、石川郎女（山田郎女とも言われる）が大伴宿禰宿奈麿に贈った歌である。相当の高齢になって、子供のように純真に恋い焦がれる一女性像。こんなにおばあちゃんになっているのにあなたが恋しくてならないなんて、私どうしてしまったのだろう、などという可憐な声が聞こえるようでもある。一首の響きから、内に熱い思いを抱きつつ、ひたむきに生きる、今日ならさしずめ中年の女性、快い品性を備え振る舞う聡明な女性がイメージされるのではあるまいか。誰もがこの一首に流れる、ある種の品格を感じ取るはずである。

万葉集に出てくる石川郎女作の歌は七首になる。しかし、それぞれ別人の作と言われ、また同一人の作もあると言われている。きちんと履歴の分かっている者は別として、私が作品から感ずる品性という観点で改めて見ると、これらの作はそれぞれ別人の作と見るのが正しいように思える。それほどこの歌の「石川郎女」は、私には品格が高く見えるのである。

とにかく万葉の時代にこんな元気な女性短歌作者が居て、その作品があるのは楽しいではないか。長寿パワーの期待される今日、顧みられてよい一首だ。

万葉と言えば、かの謹厳実直そうな山上憶良の恋、愛の歌にはどんな品格がのぞいているだろうか。

妹が見し楝《あふち》の花は散りぬべしわが泣く涙いまだ干なくに　（巻五７９８）

人口に膾炙されている歌である。妻が生前に見た楝（栴檀）の花はきっと散ってしまうでしょう、私が妻を失った悲しみに未だ涙が乾かないというのに、という意。いかにも山上憶良らしい品性の高い響きのある一首と言える。妻への愛に寸分の隙がないという人生観に裏付けられている格調で、一読快い。

この歌の「妹」は、憶良が日本挽歌などを奉った大伴旅人の失った妻か、山上憶良自身の亡き妻か、両説が対立しているという。憶良には旅人の悲しみをわがこととする品格も当然備えていたようにも思えるが、そうすると少々大袈裟なポーズ、品性も感じられてしまうことにもなる。もっとも憶良には貧窮問答歌でもそうであるように、その当事者になり切って詠う作があるから、歌から漂う「品格」だけでは判断できないところであることも納得できる。

憶良の歌をもう一首。

天《あま》の河相向き立ちてわが恋ひし君来《き》ますなり紐《ひも》解き設《ま》けな

（巻八1518）

「七夕の歌」十二首中の一首。天の河に向き合って立ち、お慕いしていた君（牽牛）がお出でになる音（櫓）が聞こえてきた。さあ紐をといてお待ちしましょう、の意。虚実混交の世界をリアルに謳いあげ、「紐《ひも》解き設《ま》けな」まで立ち入って歌っているところに、憶良の品性が出ている。男女の愛というものの真実を当然のこととしておおらかに讃えているのである。私には、山上憶良がリベラルな人格の持ち主であったことが思われてならない。

近代短歌でも同じである。北原白秋の歌。

しみじみと涙して入る君とわれ監獄《ひとや》の庭の爪紅《つまぐれ》の花

『桐の花』

編笠をすこしかたむけよき君はなほ紅き花に見入るなりけり

〃

今日では考えられないことだが、愛人と共に姦通罪により下獄したときの歌である。詞書に「女はとく庭に下りて顫へゐたり」、「悲しみ極まれるわが心、この時ふいと戯けてやつこらさのさといふ気になりぬ」などとある作。

善悪を超えて歌から響く品格は清い。監獄という条件が花の存在を際立たせ、倫理感とか法律では縛り切れない、「愛」とか「恋」の現実を暗示してもいる。歌から発する品格がそう思わせるように私には思える。北原白秋の『桐の花』にはこの一連に先立って、「女友どち」という連作があって、多感多事なる白秋の青春像が出ている。

ほれぼれと君になづきしそのこころはや裏切りてゆくへしらずも　『桐の花』

どくだみの花のにほひを思ふとき青みて迫る君がまなざし　〃

前の歌には「才高きある夫人に」という詞書があり、後者には「女は白き眼をひきあげてひたぶるに寄り添ふ、淫らにも若く美しく」という詞書があっていずれも微妙な歌である。「才高きある夫人」は与謝野晶子で、若手新鋭同人が新詩社を連袂退会したことが背景になっている。「裏切りてゆくへしらずも」などと生々しい真情吐露をしているのに、漂う品性は汚れがない。「ほれぼれと…なづきし」が一首に効果的に働いていることは明白だが、それ以上に白秋という歌人がすべてにわたってナイーブであったことに拠るだろう。

「どくだみの花のにほひを思ふ」であり、君のまなざしが「青みて迫る」のだから決して快い感じではないはずである。然るにこの一首から私はマイナスの品性は感じない。女性の媚態には違いないが、若くひたすらで嫌味がなく、むしろ妖しいまでに若く美しい女性像が浮かぶ。それをややおとなとして受け止める作者の感性は濁っていないのである。

斎藤茂吉の場合はもっと分かりやすい。

かなしみの恋にひたりてゐたるとき白藤の花咲き垂りにけり 『赤光』

しんしんと雪ふりし夜のその指《汝がゆび》のあな冷たよと言ひて寄りしか 〃

「おひろ」という一連にある歌である。若くみずみずしい恋愛感情であり、いずれからもさわやかな品性が漂う。「恋」「愛」が素材でなければ、響かせることのできないユニークな格調でもある。

こうした品格は、五十歳代での永井ふさ子との恋愛の歌ではどういう響きになるであろうか。

まをとめと寝覚《ねざ》めのとこに老《おい》の身《み》はとどまる術《すべ》のつひに無かりし 『暁紅』

山なかに心かなしみてわが落す涙を舐《な》むる獅子《しし》さへもなし 〃

年老いてかなしき恋にしづみたる西方《さいはう》のひとの歌遺《のこ》りけり 〃

うつせみのにほふをとめと山中《やまなか》に照りたらひたる紅葉《もみぢ》とあはれ 〃

昭和八年の十一月に、作者茂吉は夫人の不始末で精神的な傷を負う。離婚も考える厳しいものだったが、以後昭和二十年まで別居生活となり、医師の仕事を極端に減らし、歌人と「父親」として懸命に生きる日々となったのである。そのとき現れたのが若いアララギ会員永井ふさ子で、二人はたちまち師弟の間柄を超え、「あはれひとつの息を息づく」という関係になる。

第一首は、男女のなからいの始まりを詠嘆する。「老の身」と自照しているのが痛ましくもある。第二首は、ニーチェの詩からの連想を発展させ、孤独を訴え若い恋人に愛を求めている歌である。豊かな飛躍が歌柄を大きくしている。第三首は、ゲーテが七十歳にして十八歳のレヴェツオに恋し、悲しい詩を残していることに思いを馳せているのである。老いた人の恋は甘美などということを超えて切実であることを思ったのであろう。最後の歌は、輝く恋人を輝くままに謳いあげている。いずれも夾雑物を微塵も入れない、品性に満ちたナイーブな歌だということができる。「おひろ」「をさな妻」などと少しも違っていない。一首一首は格調が高く、堂々としている。

この恋はもともと結ばれるはずのものではないから、時間の推移と共にやがて離別が来、双方に葛藤と悲嘆と不信なども入り混じる。それは、多くの恋愛に随絆する避けがたいものでもある。愛が深ければ深いほど、痛みも多いのが常だ。しかし、そうした後日譚によって、これらの歌の品性が変わるものではない。短歌作品に込められる品格はそういうものでもある。

茂吉には、男女の間柄を端的に、本源的にかつおおらかに見ている作も少なくない。例えば、

うつくしく若《わか》き夫婦《めをと》よこよひ寝《ね》ば人のこの世のよしと思はむ 『寒雲』

この二人《ふたり》の男女《をとこをみな》のなからひは果《はて》となりけり罪ふかきまで 『暁紅』

などである。先の歌は、結婚賀歌である。友人の子息の結婚式に臨んで、「こよひ寝ば」この世もいいものだと思うはずだというのは、率直な喜びである。品がないなどとは誰も思わないであろう。後の歌は、いわば猟奇事件を背景にしている。世間の人が面白半分に話題にするのに対して、この男女の仲は、罪深い果てとなってしまったと同情の限りを尽くしているのである。どうかすると通俗になる素材だが、少しも俗気がなく、品性を欠くことのない詠嘆になっている。

茂吉は最晩年にこんな歌も作っている。

わが色欲いまだ微かに残るころ渋谷の駅にさしかかりけり 『つきかげ』

恋愛はかくのごときか本能もなよなよとして独占《どくせん》を欲る 〃

むしろ尊い位の格調を感ずるのは私だけであろうか。

新素材を詠む

パーキングビルの窓なきしづけさに冷えつつあらん自動車の群
三年《みとせ》へてやうやくあはれ人工の浜に木草の繁殖はなし
日を浴びる長大のビルあるときは地表より光延ぶるごと立つ
厚き壁厚き扉を越えて入る核シェルターの内冷やけく
おのづから日蝕尽きて獣園の上《うへ》しづかなる金環と成る

私の作歌は自身の眼で見た世界、体験した全てを尊重して、経験の声として歌う立場にあるから、つねに心がけて、世の変化、人がいまだ歌にしていないものに注目してきた。従ってこの世に初めて登場してきた「パーキングビル」「人工の浜」「長大のビル」などには進んで思いを托したし、人がいまだ作歌の対象としていなかった「核シェルター」や「金環蝕」などにはその出会いに感謝しかつ喜んで作歌してきた。すなわち、こういうところに作歌上の一つの新しさを感じてきたのである。本格的に作歌をしている者は誰でも工夫をして、処女地を求めているはずだが、私の場合、その工夫の一つにこうした世界がある。やがて古くなる「新」であっても、先蹤の意義を思うし、少なくとも、こうした新事実には、それなりの「重さ」がある。

第一首は、第一歌集『街樹』の昭和四十九年の作に収めてある。このころから自動車が増え、その駐車方策として、突然街の一角に長方のパーキングビルが抜き出て建つようになった。必要がないから「窓」がないが、それが他のビルに比して異様な感じを与えた。私はそれをいちはやく受けとめて「窓なきしづけさ」と言い、また、そういう新景観を批判するのでもなく、同感するのでもなく、その事実に面白さを感じているだけだから、「冷えつつあらん自動車の群」と言ったのだった。冬でしかも高処に置かれるのだからこの見方は自身に引きつけたものだと言ってよいだろう。

第二首は、第二歌集『黄雲』の昭和五十四年作の中にある。私の住む千葉市は平成四年より政令指定都市となり、いわば大都市の仲間入りをした。しかし、それより三十数年前までは潮干狩なども見られる海辺の町であった。急激に埋立てられ、工業化、国際化なども進み、今では千葉港、幕張メッセなどを中心とした大都市となったのである。その変化の中に歳月を送った私にはさまざまな感慨があり、その一つがこの一首である。埋立てで失った砂浜を人工的に復活させたところだが、自然の、特にかつてのこの一帯の砂浜を知る者にとっては子供騙《だま》しのようなものだ。それでも人々はここに来てひと時の憩を求める。三年の歳月を経ても、砂浜特有の浜草も繁殖せず、防砂林もなく、いかにも人工の跡をとどめているところに「あはれ」を一人思ったのである。

第三首は、第三歌集『極光』の昭和五十九年作にある。四年前にも「長大のビルの影ある午後の街もやもやとして暑くなりたり」（『黄雲』昭五十五年）という作で「長大のビル」を私は歌っている。昭和五十年代は、池袋や新宿に超高層ビルが建てられはじめた時代である。その背景には日本の経済的・科学的進展などさまざまな背景があるのだろうが、私は歌人の一人として、その事実を自身の体験として表現しておきたいと考えていた。あるとき、その長大のビルが全容あらわに日を浴び、輝いている様を見てこの一首を得たのである。

第四首は、昭和六十一年作で『極光』に収めてある。やはり五年前に、住宅展示場にあった核シェルターを歌った作があるが、この歌は、スイスへ教育視察に行った時に、各学校に設置が義務づけられているものを懇願して見せてもらったものである。つまり、本格的な核シェルターでスイスでは核戦争に備えているのである。

外は鉄筋コンクリートの普通の建物だが、地下は核シェルターで、何重もの厚い壁、いくつもの厚い扉を越えて、部屋部屋を見たのだった。コンクリートの刺激的な臭い、木製の粗末な生徒用ベッドなどが印象深かった。その感じを、事実だけに意味があることを承知して、単純に歌ったのがこの一首である。しかし、学校の核シェルターは、多くの場合物置になったり、ボクシングの練習場だったりしていた。

最後の歌は、平成二十四年の五月の作。まだ歌集に収めいてない。日本の各地で金環日蝕が見えるチャンスが巡ってきて、こういう素材はまさに千載一遇だから、私は早くから構えて短歌作品にすることを目指した。何百年かに一度の素材である。あらゆる情報を収集して、私の住む千葉は曇ることがはっきりしたので、確実に晴れる予報の出ている横浜に前泊し、しかも日蝕観測会が計画されている横浜市立の金沢動物園に早朝から入園し、金環蝕の始まりから終わるまでを過ごしたのである。日蝕と動物たちの生態とのかかわりが見られれば特殊な作品が作れることになる。

そうしてできたのがこの一首。いわゆる蝕甚となったとき鮮やかな金環を仰ぐことができた。獣園は動物園をシンプルに言った言葉で、佐藤佐太郎の歌集『歩道』にその用例がある。そういうところでの金環蝕だからありきたりの作ではなくなっている。

短歌の未来像——長寿パワーを生かせるか

短歌に限らず、未来展望は各方面で盛んにされる。そして多くの場合悲観論が主となるようである。私も人生経験が長くなったから、顧みると人は随分でたらめを言うものだと改めて思うことがある。物心の付いたころ、ほぼ五十年前の未来展望のいくつかはいまだに脳裏に焼き付いていて離れない。例えば、五十年後の日本、即ち今日の日本だが、経済が破綻し、文化が低俗となり、インスタント食品で育つ若者は四十代で健康を害し、平均寿命が下がっているだろうというものであった。また俳句、短歌は第二芸術で、滅びる運命にありこの日本の古い詩に未来はない、というものもあった。その尻馬に乗った評論も少なくなかった。中にはこの風潮を生かし「滅びの美」などと吹聴し人を惹きつけた賢い歌人もいた。

これらの展望は当っている部分もあるのだろうが、今冷静に顧みればいい加減なものである。短歌に関しては滅びず、いよいよ盛んであるし、平均寿命にいたっては、年々にのび、今や世界第一の長寿国である。この二点からすれば決定的に誤った展望であったと言える。これらを踏まえて私の短歌の未来像をふたつほど述べておくことにする。

第一は、短歌滅亡論が今後も何度か繰り返され、実際短歌界には盛衰があるだろう。その波動が多くの短歌作者、愛好者を悩ますに違いない。しかし、意図的に葬り去らなければ短歌は滅びない。華やかに迎えられることもないが、営々とこの詩形の力に惹かれ、魅力のとりこになる詩人は、今ほど多くならないかもしれないが、絶えることはない。短歌には今以上に優れた未来があると意識することが短歌の未来像にとってまず重要である。

この短歌という日本固有の詩は、日本という国が存在する限り続くのだということをはっきりと自覚して、今日の歌人は作歌に専念するのがいい。健康な未来の読者、短歌愛好家が存在することを忘れず、未来の読者に恥じない歌人として進むのが大切ではないか。自分の欲求に従って、感情の衝迫のままに歌を作るべきだ。流行や、変化に動揺せず、信念に従って、自らが納得できる歌を作らないと未来の読者に無視されるだろう。百年、千年という歳月はたちまちに過ぎる。小成に安んじ、手抜きの仕事をしている歌人が馬鹿にされるのは近未来のことである。素人を相手に偉そうにしている歌人は、明日にも拒絶される。どこに「詩」があるのか分からない作品を屁理屈で讃えあっている歌人が消えて行くのも時間を要しない。顧みられる作歌、研究をすることが、短歌の未来を心から思う歌人の態度だと私は思うのである。

万葉の歌人たち、彼らは必要に迫られて懸命に歌を詠んだ。必死に相聞をし、和歌によって思いを伝えなければ何も始まらなかった。愛別離苦の哀傷は詠うことによってのみ、波の名残となって、日々を送迎し得た。自然と人の生は一体だから、あらゆる自然現象に敬虔になり、かつ讃えつつ生きたのである。だから『万葉集』の歌は今でも人々の心を打つ。彼らからすれば未来の読者たるわれわれは今日、ただただ敬服するのである。

第二には、この無償の短歌のために、わが国が今世界一の長寿国になっているという事実は、大変な潜在財宝ではないか、ということである。この長寿パワーを作歌人口に迎え入れる努力と叡智が短歌の未来を豊かにする。

平成二十二年に厚生労働省から発表になった資料によれば日本人の平均寿命は、男性七十九・二九歳で世界第四位（と言っても一位とほとんど変わらない）、女性は八十六・〇五歳で文句なしの世界第一位である。

仮に六十歳で定年退職を迎えた男性が心からこの短歌を愛し、本格的に勉強すれば、平均的に二十年の活動期間があることになる。正岡子規が結核の診断を受け余命十年と宣告され、後世に残る仕事をし生涯を終えると一念発起して、死を迎えたのは十二年後である。長塚節にしても変わらず、伊藤左千夫にしても二十年弱の期間である。それでいてそれぞれ大きな仕事を残している。比して現代の長寿男性は、パソコンができたり、自動車の運転ができたり、外国語に長じていたり、優れた人脈を持っていたり、大変な潜在能力にも、経験にも恵まれている。この長寿パワーは、短歌界の現在、ごく近未来においては大きな財産である。仮に、五十歳の男性が、結社などに所属し、勤務と共に作歌の基本を身につけ、六十歳を迎えれば三十年の歳月があり、定年退職とともに独自の歌人の道を進むことも可能なのである。女性にあっては、子供が独立して離れるのが四十歳の後半とすれば、ほぼ四十年の作歌人生を平均的に歩めることになる。大歌人として大きな仕事が果し得る可能性を多くの人が持っている。長寿パワーを備えた男女は、運がよければ前例の少ない九十歳、百歳の叡智の輝く作品を残し得るのである。

歌壇の未来のためには若い力を確実に育ててゆくことが当然大切である。しかし若者の絶対数が減っている現状を思えば、長寿パワーを生かし、作歌の質を上げることが短歌の未来のために必要であろう。若さに媚びない、実質本位の歌壇となって、大人の文学としてのレベルの向上が期待できるのではあるまいか。それがまた心ある若い短歌作者を導くことになるのではあるまいか。

三、結社と歌論

短歌を作る人は好き好んでこの詩形を選び、この器に思いをのせ、微かな人生ながら生きる礎としている。短歌は究極のところものの言い方だから、この定型の言い方をマスターし、自在に言い得るようになれば、人として表現本能を満たすことであり、必ず楽しいはずである。発表の場が保障される結社誌は、必ず読者がいるわけで、その本能を満たすに十分な要素を持っている。よい歌が発表できれば、より多くの人の目に触れることも可能である。

そういう結社にあって大切なことは共有できる歌論があるということであろう。全く価値観の違う者同士が作品を発表し合えば、共感が存在し得ないわけだから、結社の意味は無くなる。だから共有できる歌論があるということは結社にとって大きな意味を持つ。

その上で作歌をする個人はすべからく歌論がなくてはならない、これが歌人佐藤佐太郎の「歩道」創刊以来の教えである。このことをわれわれは改めて今意識しなくてはならないときに来ている。

「歩道」に連載している「佐藤佐太郎研究資料」には、「歩道」創刊十五年に当たって、「歩道」の方向を定めた「歩道の成立と進路」が再録されている。「歩道作歌案内」にもあって多くの人が承知していることである。ここに会員のめいめいが歌論を持つことの重要性を強く述べていることについて考え直さなくてはならないのである。

『歩道』として写生にもとづく『純粋短歌論』の信条というものがある。それを根本の態度として胸に置いていただく事が必要であるが、同時に皆さんが各自に自分の歌論を持つ事が必要である。それは歌論といつたはつきりした形で持つてゐてもよいし、又もつと漠然とした素朴な形であつてもよい」。「歌論といふものがなければ歌は発展深化しないと思つていただきたい」というところである。

つまり、結社の会員はすべからく歌論を持てということである。そうでなければ歌は「発展深化」しないと明言している。

具体的にはどういうことであろうか。例えば短歌作品における歴史的仮名遣いをなぜ今われわれが大事にして使うのか、「初孫」「初日」など手垢のついた言葉を忌むのか、「小春日和」「蝉時雨」などという熟語を避けるのか、めいめいが理論的に分かっていなくてはならない、ということである。時々「これはうちの結社では使っていけない表現だ」と決め付けて言う批評を聞いたりするが、なぜそうなのか論理的に説明できなければ意味のないことだ。内容的なことで言えば、われわれの歌がなぜ自然を素材にすることが多いのか、なぜ通俗人情を嫌うのか。われわれにとって新しい歌というのはどういうものなのか、等々、会員一人ひとりが論じ得なくてはならない、ということである。

仮名遣いのことなど

結社「歩道」は短歌作品は歴仮名（歴史的仮名遣いの略称、「旧仮名」の呼称を私は好まない）とし、文章を二〇一一年から現仮名（現代仮名遣いの略称、「新仮名」とも言う）を表記することをたてまえとしている。本当は、生前の佐藤佐太郎の指導の如く、作品を歴仮名にする以上、散文も歴仮名にするのが修錬・勉強を旨とする結社誌の道である。しかし、余りにも不徹底な人が多く、妥協せざるを得なかった。動詞の「笑い」が歴仮名だと「笑ひ」となる。そうすると「い」はいつでも「ひ」とすればよいと思うのか、形容詞まで「白ひ」「おもしろひ」などと平気で書く人が現れて遂に断念したのである。

いずれにしても短歌をやる以上何人も、歴仮名、現仮名の両方の仮名遣いをマスターしないと前へ進めない。現代歌人の六割五分以上が歴仮名によって作品を発表しており、過去の名作は、与謝野晶子、石川啄木のような平易な短歌でも、みな歴仮名であり、われわれが手本とする正岡子規、斎藤茂吉、佐藤佐太郎などという大歌人の作品は当然みな歴仮名なのだから、迷うことなく先ず、歴仮名をマスターしたいものである。

もっと言えば、歴仮名を知らないと現仮名は完全に理解できない。日本国憲法が歴仮名表記であることを忘れてはならない。「遠い」「通り」にルビを振るとき「とうい」「とうり」とすればあやまりで、「とおい」「とおり」としなくてはならない。なぜか。歴仮名で「とほい（遠）」「とほり（通）」などと「ほ」と書いているものは「お」と書くという現仮名の規定があるからである。つまり歴仮名を知らなければ現仮名は理解できないのである。

今日に生きる短歌作者として、われわれは悲しい宿命を負っているようなものである。正岡子規や斎藤茂吉、与謝野晶子、北原白秋著の全く苦労しなかったことに苦労しつつわれわれは作歌をするのである。

私が師事した佐藤佐太郎は、短歌作品はもちろん散文も歴仮名であった。しかし、散文は必要によって現仮名で見事に書いている。両方を正確に身につけていたのである。私が『短歌清話―佐藤佐太郎随聞』に書き残している通り、『童馬山房随聞』は現仮名で浄書されたものであり、歴仮名で書いた他の文章も発表時は、現仮名にしている。「それがいやなら本にしなければいいんだ」という考え方であった。

俗語、俗臭のある語

「詩」の詠嘆をしているのだという自覚のない歌は、一般に俗気があって私にはとても親しめない。即ち採れない。「詩」がないということは平明に言えば「俗」だということになる。俗語、俗臭のある言葉を平気で使う人は少なくないし、言語感覚の問題だから、統一見解があるわけではないから始末が悪い。どんなに優れた辞典を引いても言語の感覚的なことは書いていないのが普通だ。影響を受けた作家、作品、師等によって、悟り、身につくことである。運の悪い人は生涯悟れないでしまう場合もある。

例えば年が改まって正月が好天にて過ぎたとする。ありふれていないことである。さっそく、上の句が、

日本晴遠く富士見る三箇日

という歌が出てくる。特色を捉えて悪くないし、下の句がよければ一首は生きる。しかし、「日本晴」という決まり文句にはこれだけで俗臭がある。言葉の使い方を間違えているわけではないのに、一首をたちまち凡作にしてしまうのだ。「小春日和」とか「蟬時雨」とか、みなもともとはよい言葉だったが今日では俗語に近いと感じるべきである。

正月の歌で言えば「初」のついた歌が嫌というほど出てくる。

家々の屋根を被ひし初霜
除雪車の初出動してより
不景気のつづく世に降る初雪は

など、こういう例は注意すれば無数にある。「初孫」「初荷」「初生り」等々。あまりにも安易に多くの人が使うから、手垢が付き、俗臭ふんぷんたる語になっていることに気が付かなくてはならない。初めて迎える霜に特に意味があるのなら、十分に言葉を使うべきところだ。それだけの意味がないのに「初霜」などと決り切った言葉を使うから、俗臭が立つのである。「初出動」にしても「初雪」にしても必然性を感じさせない。

妻の背は至福に思へる
八十二のわれ至福の宵ぞ

短歌の用語は切れば血が出るようでなくてはならないと言ったのは島木赤彦だが、漢語はなかなか血が通いにくい。「至福」とか「凛として」「馥郁と」などには私は嫌みさえ感じる。しばしば見るがみな敬遠する。

選歌緊要條々

結社誌で最も大切なことは選歌である。よい歌とよくない歌とが間違って評価されればどんな人でも進歩することはない。いわゆる新聞歌壇投稿歌人が少しも進歩しないのはそのためで、今後の結社を考えてゆく上で忘れてならないことである。佐藤佐太郎先生が選歌について最後の注意をしたのは、昭和五十四年八月三十一日、亡くなる八年前のことになる。この日夕食後、編集室に見えて「(編集委員が)こんなに少ないんじゃ俺も手伝おう」と言い、最初の方を校正された。

少し仕事が進むと、何だこんな歌採っちゃだめだ。選歌がだめだなと独り言のように言いながら予選を厳しく批判した。そうして、どんどん歌を入れ替え、添削された。佐太郎の見たゲラは真赤になった。そういうこともあって、やや不機嫌になる。編集責任者の福田柳太郎氏が割付の相談をしても、厳しい口調になった。「今度改めて、(選歌の)注意しよう。少しは違うだろうから。」怒ったまま一時間程仕事をなし、佐藤佐太郎は部屋に帰った。

次回の校正は昭和五十四年九月四日だったが、ひとり仕事をはじめているところに佐太郎も見え、しばらく二人で校正をなす。「あとで、選歌の注意を書いたものをやるからな。……よろこぶべきかどうかわからんが。」佐太郎自身も苦笑して言う。香川、熊谷、和歌森、福田、松生、佐保田の各氏の順に揃ってくる。

急に雷鳴があり、夕立。雨の音に、佐太郎もあわてて部屋に帰る。部屋の窓があけっ放しになっていたらしい。間もなく帰ってきて「今降ってきたばかりだろう。もう吹き込んで濡れていた。」私はその間の機敏な行動に感心し相当の体力が回復していることを思ったりする。

食後、「選歌緊要條々」のコピーしたものに、銘々名前を書いて配る。みな感謝したが、「よろこぶべきかどうか」とやはり苦笑して言った。こうして残っているのが後に記す「選歌緊要條々」である。

結社での選歌にはつねに問題があるだろう。人の歌を評価する者は常に原点に返り、学ぶ必要がある。この「條々」に書かれている精神を常づね顧みながら、私の場合は今でも選歌に当っている。

選歌緊要條々

選歌は単なる奉仕にあらず。自身の進歩の一助也。しかも速効薬の如し。選歌に参考すべき事。

○一首々々に尊まず蔑まず、或時は教へ、或時は批判す。

○辞達するを最善とする。そのために手を貸す添削はよい。

批評のあり方

平成二十年、東京で開催された全国大会の各評者の批評を聞きつつ、この批評を仮に受け入れたとしても、作者それぞれが短歌を作る上でどんな進歩をするのだろうか、私はしみじみ考えさせられた。それ以前に納得できなく、到底受け入れ難いと思う作者も相当にいたのではあるまいか。もちろん私自身の批評も含めてである。

批評者は批評以前に、優れた読者でなくてはならない。同じ結社で、同じ歌論のもとに切磋琢磨する、志を同じくする者の作品を受け止めるべき、親しい読者であるべきである。われわれの作品が身近な同志の理解を得られないとしたら誰が評価してくれるのであろうか。批評は先ず作品を正確に受け止めた上に成り立つ。総じて、この年の批評は、批評者の自己主張が強く出ていた。しかし、その作品が果して評者が受け止めている通りなのかどうか、私は、批評以前の作品理解に疑問を抱かざるを得ないものが少なくなかった。殊に気になったのは、作者は何も知らない初心者で、教えてやろうというものの言い方である。

例えば拙作、

南海のひろき空すべ黄金の朝やけさながらとどろきわたる

について、要するに大した作ではないと言っていることは分かった（それは認める）が、なぜそうであるかの論拠は全く理解できなかった。評者は飛行機の上から見た風景だと決めてかかっていたが、そう断定する根拠はどこにあるのだろうか。高度一万メートル以上の飛行機から朝焼けがどう見えるか、私には経験がない。もしそうならそれはそれで別な特殊性が出たであろう。いずれにしてもこの「朝やけ」はせいぜい二千メートル位までの低空の現象であり、それを仰いで詠っていると見るのが妥当なはずだ。また、朝焼けが「とどろきわたる」わけがないのだから、「ごとく」が必要だと言う。作者はそんなことは承知だからきちんと「さながら」と言っている。それで不十分ならなぜそうなのか、ここで初めて批評が成り立つ。触れられなかった一首の響のことも、表現の強調のことも批評の対象にすべきことである。私は前年の大会でも同じ思いを抱いたことを思い出しつつ、愉快でなく会場を離れたのである。同じ思いの会員も少なくなかったのではないか。

佐藤佐太郎がかつて示している選歌要諦は、即ち批評・歌論の要諦でもある。

一、作者、作品を水平線上に見て判断すべきで、決して見下してならないこと（批評には愛が必要である）。

一、整って淡い作より、欠点があっても内容のある作をとること。

一、良さは声調、調子にもあること。

一、語気の生きている作品を見落としてはならないこと。
一、仮名遣いの誤りは積極的に改めること。
これらが総合的に判断されて歌のよし悪しは決まるのである。

Ⅲ　推敲のポイントと添削例

推敲のポイント——よくある失敗

1　語句のふさわしい居場所

短歌一首の中での用語、語句にはそれぞれの最もふさわしい居場所があると考えながら推敲すると、推敲がしやすくなる。一首の中での言葉の置く場所を替えるだけでも一首が生きる場合が少なくない。例えば、

昼夜なく余震のあれば花瓶のこでまり揺るる居間にて過ごす

という作、三句「花瓶の」、「かびん」では字足らずで、「はなかめ」では不自然でもある。「こでまり」を中心に詠嘆したいのだから、「こでまり」を本来の居場所に置けば一首は生きる。「居間」と言っているから「花瓶」は言わなくてもわかる。

昼夜なく余震のあればこでまりの花揺れやすき居間にて過ごす

次に、

山遠く立ち去るごとく忽ちに大山深き霧につつまる

という作、ほぼ的確で問題はないと言える。しかし、「忽ちに」はもっと坐り心地のよい場所がある。「つつまる」という比喩も気にすれば気になる。「大山」を中心にして、

山遠く立ち去るごとく大山は深き霧にて忽ちかくる

とすればより自然な詠嘆になる。更に、

数万の人の命をのみ込みて静まれる海の青々として

という作。哀しく切実だが、どこか言葉が収まるべきに収まっていない。「のみ込みて」も比喩だから、軽くなる。ずばり「奪ひたる」とすべきところ。そして「海」を本来の居場所に据えれば、この歌は秀歌である。

数万の人の命を奪ひたる海の静まる青々として

言葉の位置のみ替えるだけで生きる場合もある。

秋の午後中禅寺の鐘子らと撞くひびきひろがり山にこだます

中禅寺の鐘子らと撞く秋の午後ひびきひろがり山にこだます

「秋の午後」は三句にあるのがその居場所だったのである。

2　言葉をたっぷり使う

肝心なところ、言いたいところには言葉をたっぷり使う。大切なことには金をかけよ、とい

うのに似ている。例えば、

かつてこの地は沼地質改良の用ゐるセメント暑き日に照る

という作。面白いところに目をつけているが、「沼地質改良の用ゐる」あたりが言葉が詰まっていて分かりにくい。もう少し助詞などを使い、ゆったりした表現にしたいところである。つまり言葉をたっぷり使うべきところ。その一例を示せば、

かつてここは沼にて地質改良に用ゐしセメント暑き日に照る

となる。また、

湯煙と靄のただよふ枯れ庭に流るる湯の音響き渡りて

という例では、ありふれていないよい情景だが、「枯れ庭」が言葉が足りない。湯煙で庭の木草が枯れているのかとも取れなくはない。そういうことではあるまいから、「冬枯れの庭」としっかり言うべきところである。

湯煙と靄のただよふ冬枯れの庭に流れて湯の音響く

とすれば一首は生きる。即ち必要なところには言葉をたっぷり使うことである。

多くの場合、作歌者は言いすぎる傾向にあるから、言うべき言葉をしっかり生かして、「言わない」部分を意図的に作る工夫もしたい。

3 「行く・ゆく」か「来る・くる」か

補助動詞も含めて、「行く・ゆく」か「来る・くる」か、安易に使っている例は少なくない。

じわじわと沁みゆく感じしまらくは姿勢保ちて柚子湯に浸る

境涯の出ている一首だが、作者は今湯に浸っているのだから、「沁みくる」のではあるまいか。「くる」と作者に引きつければ、より強く響くことになる。

友の訃にわが急ぎゆく古里の雪原たちまち闇に紛るる

この作も、すでに古里に着き雪原を見ているのだから「来て」となるべきであろう。

喘ぎつつ登りゆきたる大福山眺望広きにしばし佇む

作者は山頂に着いて、眺望を楽しんでいるのだから、「登りて来《きた》る」である。

しかし、次のような例もあるから形式的に考えてはならない。

申告書の提出終へてゆく道にけふ蠟梅のかをりの薄し

申告書の提出という大きな仕事をなし終えて、心も軽く更に歩み続けるところだから、このまま「ゆく」でなくてはならない。

4 言語感覚による違い

短歌表現に長くかかわっていると、論理では説明できないが、感覚的に受け入れられない言葉がある。言語感覚は辞典には出ていない。仮に出ていても、自身が悟入したものとは異なるから、馴染むことができないのである。だから人に強いることではないが、私の場合、助詞の「にて」というべきところを「で」と使っている歌は、声調が締まらず、俗に響いてくる。今日の歌人はあまり気にしないことだが、言語感覚で、そう感じる歌人もいるということは分かっておいてもらってよいと思う。他に、「夕べを帰る」などの「を」の使い方は卑しく感じる。「夫《つま》」「吾子《あこ》」などはは古臭いし、「そっと」「ずっと」などは軽薄である。「初孫」「初日」「蟬時雨」「小春日和」などは多くの人が安易に使い、手垢がついている言葉として、嫌悪感さえ感じる。語感、言語感覚の問題だから結論だけをここに示して置く。ただし、

農業に転職をして初生りの茄子をしみじみ手にいだきをり

伊勢神宮に初詣終へ憩ふとき暗き杜より鶏の鳴く

などの場合は、手垢がついている言葉でも、杓子定規に否定してはならない。前者は転業して今初めて生った茄子を手にしているのが特殊であり、生活感のある感慨である。後者は「伊勢神宮」であることが特殊であり、おそらく生涯に初めての体験であろうし、人生あるいは境涯が出ている用語になっているからである。

5　用言過多の歌

用言は作者の意思、感情を端的に伝える場合が多いから、一首に用言が多いと、ごてごてした表現になり、不徹底な作品になりやすい。

秋深みもみぢ競ひて山を染め峡風に音のして散る

この作には用言が六個ある。内容も物足りないが、この用言過多のため、声にした時の声調も落ち着かない。言わんとするところが焦点化せずぼやけてしまう。

川のべの魚市場見て父釣りし鮒に昆布巻く母思ひ出づ

この歌も用言が五個になってうるさく、すっきりした表現になっていない。用言をごく少なく言うのが推敲の大切なポイントである。例えば、人口に膾炙されている、

最上川逆白波の立つまでにふぶく夕べとなりにけるかも　斎藤茂吉

冬の日の眼に満つる海あるときはひとつの波に海はかくるる　佐藤佐太郎

などという作品は、用言が少ないから力強く響くのである。

6　あってよい字余り・字足らず、調子を崩す字余り・字足らず

例えば、

幻《まぼろし》のごとくに病みてありふれぱここの夜空を雁《かり》が帰りゆく **斎藤茂吉**

という作。戦火の東京を逃れ、疎開先で意識もおぼろに、病んでいるときの歌である。結句「雁帰りゆく」と言えば定型の七音だが、この歌は「雁」の後に助詞「が」を入れて字余りにし、複雑な心境を暗示している。それで短歌の声調が崩れることはなく、むしろ哀調がこもってもいる。

直ぐ目のしたの山嶽よりせまりくるChaos《カオス》きびしきさびしさ **斎藤茂吉**

飛行機から初めて地表を見た衝撃を大胆に破調にして詠嘆している歌。「破調」が許されるのは定型を意識した上で、かつ必然性のある場合で、今歌人が空から最初に歌にするという特殊性によって、この歌は存在感がある。「直ぐ目の」四音が第一句、「したの山嶽より」九音が第二句、「せまりくる」五音が第三句、「Chaos きびしき」七音が第四句、「さびしさ」四音が結句であろう。そして一つの調子を持っており、短歌表現の可能性を広げていると言ってよいのである。

7　主観語の問題

一般に主観語は表現内容を狭く浅くするが、主観語が一気に対象の状態を言い当てることがある。根拠のない主観は一首をうわついたものにする。客観表現にこだわりすぎると作品の幅が狭くなり、読む者の心に直接に響かない。主観とか客観とかを超えて、感動に盲目的なのがよい。もともと歌は主観と客観とが均衡するところに妙味がある文学である。このことについての斎藤茂吉の歌論は今日でも生きている。

即ち「もともと厳格な意味で短歌に主観的と客観的とを別けるなどといふのは不徹底であつて、抒情詩の体《てい》である短歌では生命《せいめい》の奈何《いかん》、活《い》きてゐるか死《し》んでゐるか。魄力《はくりょく》の奈何《いかん》、だれてゐるか張つめて心の底ひを歌ひあげてゐるか。たましひに鳴りひびいて来るか来ないか。なまぬるいか峻厳《しゅんげん》の気が漲つてゐるか。さういふ事を先づいふのが第一義《だいいちぎ》の吟味《ぎんみ》といふものである」（「短歌に於ける主観の表現」）というのである。

ここに来て心いたいたしまなかひに迫れる山に雪つもる見ゆ　　**斎藤茂吉**

風景を見て「心いたいたし」と主観的に言えるとき、一首の歌に生命がこもると言えるだろう。

8 「居り」「をり」で終わる歌

「居り」「をり」で終わる歌は、安定した結句になると共に、やや古臭いような感じも与える。特に「一つの状態が持続していること」で、時間的な経過が含まれることを忘れた、誤った使い方がある。次の例などを心中に置いて気をつけるべき用語のひとつである。

沼ぎしの枯葦むらは春の日に水よりいでし茎乾きをり　**佐藤佐太郎**

この「をり」は茎の乾いた状態が継続していることを暗示している。

9 句切れを生かす

短歌の特色の一つ、「句切れ」を意識すれば歌が変わる。句切れがあって一首が奥深くなる例は意外に多い。例えば、

疲れたる眼いやすと庭に出で夜来香の花の香に酔ふ

という歌。平明で快い一首。「酔ふ」まで言わない方がよいが、第三句に休止があり、このままでも悪くない作である。しかし、これを第三句で切ってみる。そして下の句が全体を修飾するようにしてみる。

疲れたる眼いやすと庭に出づ夜来香の花の香のなか

言いすぎの「酔ふ」がとれ、作者の姿とその心境がより広く伝わるのではあるまいか。短歌表現の一つ「句切れ」にはこんな働きのあることを大いに生かすべきである。

10　欠点が許されるとき

苦心した内容のある短歌作品は、欠点があっても許される。抒情詩として懸命に表現したものは、表現上の瑾《きず》より、内容・作者の心情こそ大切にされるからである。大歌人斎藤茂吉の歌に、

雲のうへより光が差せばあはれあはれ彼岸《ひがん》すぎてより鳴く蟬のこゑ　『暁紅』

という作がある。「より」が重出しているのは明らかに瑾である。例えば第四句を「彼岸を過ぎて」とすれば、少なくても「より」の重出は避けられる。しかし、作者茂吉は「彼岸すぎてより」という最初の感受に、拘って敢えて重複をさせている。感動の処女性ということをみずから言っているからその実行であり、これが作歌の現実である。

11　虚飾を慎む

雪が降って冬木に積っている状態を「冬木に花咲く」、鳥が鳴くのを「鳥が歌う」、木の葉が

散って風に飛ぶのを「木の葉が舞う」などというのは、みな虚飾である。

12　歯切れよく言う、ということを常に意識する

「番《つがい》の鳥が鳴く声かしまし」→「番の鳥の声のかしまし」。「夕庭に鳴る雷のとどろく」→「夕づく庭に雷のとどろく」。

13　実相に観入する

実相に観入するとは表面的に見ないで、実相をしっかり考えて見ることであり、また、よく見ることによって新たに考えることである。

郷土には見ざる緋鯉のごとき鮭水豊かなるアラスカに見つ

アラスカで鮭を見ることができたのは幸運である。しかも赤く色づいている鮭だからありふれてもいない。しかし、これが婚姻色と言って、繁殖期に出現する目立つ体色だという実相を知らないと一首にはならない。郷土の鮭も婚姻色になることが必ずあるのだから不徹底な作ということになる。かの朱鷺は、繁殖期になると婚姻色の灰色になって外敵から目立たないようになる。

あかときの湖岸の宿に聞こえ来る雛のさへづりほがらかにする

一見、長閑なところを捉えている歌で、「さへづり」は、鳥がしきりに鳴くことだから、これでも誤りではない。しかし、実相に観入すれば鳥が囀るのはテリトリーの主張であったりするから「雛のさへづり」は一考を要する。

美声をば競ひてゐるか山峡にうぐひす鳴きかふ四月の朝

上の句の見方甘く、実相を見ていないことになる。鶯は、美声を張り上げて必死にテリトリーを主張し、ペアーとなる相手を求めているのである。そういうことを分かって詠わないと作品が軽くなる。

かかはりの無き暮らしにて宝石を飾れる店のところを過《よぎ》る

宝石を飾って他のものを売っている店は考えられない。宝石店のことだろうから、宝石は飾っているのではない。客の目を引くように陳列をして売っているのである。こういう実相・真実を見る事を忘れないのが「実相に観入」するということである。

14　外来語、漢語

外来語は殊に意味をしっかり確認して使う。言葉を十分に自身のものにするという原則を特に大切にする。

数万の石灰岩立つカルストの台地に真夏の静かさみつる

ありふれていない光景を見て、抒情的に言えているが、「カルスト」を事典で引いてみると「石灰岩丘陵台地をいう」とある。そうすると「石灰岩立つ台地」がカルストのことだから、誤用ということになる。

カルストの石かぎりなき草山の曇のしたに遠く起伏《おきふ》す　佐藤佐太郎

この歌は、石灰岩丘陵台地に見える石のことであるから、正確な用法だということになる。アイガーの裾野を歩くハイキング牛らのどかに草を喰ひをり

「ハイキング」は歩くことだから、二句の「歩く」は不適切ということになる。「めぐる」くらいにすれば気にならないところだ。

漢語の場合も同じで、安易な漢語に頼らず、自然に的確に言うのがよい。

汗あえて昼耐へ居れば療庭に蒸気漏洩の音冴えわたる

「療庭」とあるから入院中の作であろうか。この漢語は分かるとして「蒸気漏洩《じょうきろうえい》」あるいは「じょうきろうせつ」と読むのであろうが、表現が固く、何となく違和感が漂う。

汗あえて昼耐へ居れば療庭に蒸気の漏るる音冴えわたる

で十分ではないか。

15　一首の調子・声調

のろくゆったりとした調子、言葉の運びで表現できるのが定型抒情詩短歌の究極の表現である。その一首の歌の調子・声調には幾通りもあるから、一首一首を考えつつ作り悟ってゆくのが上達である。歌が上手いか下手かはそこにあるだろう。例えば、

　ゆくりなく東の空に雲出でて残照の中雷鳴近し

悪くはないが下の句の調子・声調が平板である。例えば四句と五句を倒置して、

　ゆくりなく東の空に雲の出で雷近く鳴る残照の中

とすると、内容は同じでもインパクトが強くなって読む者に伝わる。こんな短歌の調子・声調を悟ることが短歌の修練であり、推敲のポイントである。

16　即《っ》き過ぎない

　散水の洗車のための自家水道ポンプ動かず修理依頼す

「ポンプ動かず」と言ったら「修理依頼す」はあまりにも当たり前で「即き過ぎ」て一首を駄目にしている。短歌は、一首を貫いてつじつまが合うことも大切だがあまりに合いすぎると、平版で面白みがなくなる。

腰痛にわが耐へ居れば午後の日に鉢の睡蓮つぎつぎに咲く　本吉得子

この歌は即き過ぎない良い例。「腰痛に耐へる」ということと「鉢の睡蓮つぎつぎに咲く」とはもともとつながりはない。作者の感覚が繋いでいるものである。そうして一首は読む者に共感を与える。人と睡蓮の間の実在感が眼に見えない摂理を醸し出しているからである。

17　安易に比喩を使わない

家族らに全力投球せし吾は悔いること無し八十五歳

この歌では「全力投球」と野球などの場合に喩えているのが安易に響いて、一首が軽くなる。この比喩をやめて、

家族らに持てる力を注ぎたる吾に悔無し八十五歳

などと、喩えなければ一首が生きるのである。

添削例――みずから「悟り得る」添削のポイント

※仮名遣いは原作に従っている。

【原歌】常いだく不安を支へゐる気力ささへて寡黙にをれば雉啼く　愛媛県　檜垣文子

【添削】常いだく不安支ふる気力にて今日も寡黙にをれば雉啼く

心によどむ悲しみが雉の声を添景によく出ている。「支へ」「ささへ」の重出は一つの方法にて対句のような働きもする。だが少しうるさく分かりにくいので別案を示す。

【原歌】放牧の馬の親子は身じろぎもせず立ちつくす島の夕日に　東京都　小島玉枝

【添削】放牧の馬の親と子身じろぎもせず立ちつくす島の夕日に

言い得て写象鮮明。身じろがず馬が立つ姿は暗示的でもある。第二句「は」でも悪くないがやや抑えて「が」くらいが自然。「親と子」として助詞をなくすこともできる。

【原歌】尊厳の重視言はれて現実の機能訓練強制のなし　山口県　元田裕代

【添削】尊厳の重視されゐて現実の機能訓練強制のなし

このような素材は関係している人のみが体験でき、しかも社会的にも大きな課題。詠えば他に例の少ないよい歌となる。「言はれ」はやや遠回しな表現。

【原歌】脳血管の造影検査を説く医師に決めかねゆらぐわれの心や　千葉県　安孫子正子

【添削】脳血管の造影検査を説く医師の言《こと》に決めかねゆらぐ心は

内容非凡。歌は何と言ってもこのように内容があることが大切。結句の「や」は一首を軽くしてしまう。

【原歌】熟しゐる南高梅の黄の淡く部屋の中にて強き香はなつ　東京都　小野澄子

【添削】熟しゐる南高梅の淡き黄が部屋の中にて強き香はなつ

下句「部屋の中にて強き香はなつ」が大変よい。作者が自分の感覚にて捉えたところで、現実の面白さを存分に暗示する。表現もこのままにて可。三句「淡き黄が」の方がより描写的。

【原歌】お水取りの源となる神宮寺暗き泉に手をひたし居り　京都府　長谷川真由子

【添削】御水取りの源となる神宮寺暗き泉にわが手をひたす

このようにものの源を見ようとするのは、詩の原点。その因果を捉えて大変よい歌。結句「わが手をひたす」等「われ」を強調してよいところ。

【原歌】静かなるものとし思ふ百日紅の白き花びら草生に散るを　千葉県　嘉村　泰

【添削】静かなるものとし思ふ百日紅の白き花びら草生に散るは

奇をてらうことなく「静かなるものとし思ふ」と言ってその特色をよく捉えている。私の好む世界である。この助詞「を」の使い方は目立ちすぎる。

【原歌】友幾人送りしわれか夜の更けにときに虚しき思ひの消えず　埼玉県　横山節子

【添削】友幾人送りしわれか夜の更けてしのべば虚しき思ひの消えず

亡き友をゆくりなくしのぶ思いがよく出ている。言い得ているが、「ときに」あたりもっと強調してよい。

【原歌】新宿の雑踏のなか足早に歩く娘追ふみぞれ降る夜に　　三重県　高橋典子

【添削】新宿の雑踏のなか足はやき娘に従ふみぞれ降る夜

「追ふ」はピッタリしない。「従ふ」くらいにて可。一首は現代の世相をよく言い表している。雑踏に馴れている人とそうではない人の対比に詩がある。

【原歌】月面を撮りゐし夫を思ふなり仲秋の月仰ぎてをれば　　三重県　高見セツ子

【添削】月面を撮りゐし夫しのばるる仲秋の月仰ぎてをれば

三句「思ふなり」も飾らない表現にて悪くない。別案も示した。歌はこの一首のように、シンプルにしかも内容ゆたかに言えるのがいい。

【原歌】ひとり住みて癌をうたがひ病む娘嘆くを聞けば唯抱きしめる　福島県　桑島久子
【添削】ひとり住み癌をうたがひゐる娘嘆くを聞けばただ抱きしむる

一首、心につき刺さってくる。大変よい歌。「病む」にも実質があろうがここは抑える。

【原歌】簡潔に電子メールに用足せば渡米せし子の声だに聞かず　千葉県　鹿島典子
【添削】簡潔に電子メールに用足れば渡米せし子の声わが聞かず

現代社会の姿だね。よく言えている。一種の新しさのある歌。「だに」はやや古くさい言葉。

【原歌】岩山の岩の雫はいさゝ流れて圓山川の源流となる　兵庫県　角　榊
【添削】岩山の岩の雫はおのづから流れて圓山川の源流となる

この場合は「岩山の岩」はあまり気にならない。「岩の雫」が熟語のように働くからだろう。内容大変よい。「いさゝ」の踊り字は避ける。

【原歌】空高く草原広がるサファリーの藪より飛び立つ鳳凰孔雀　茨城県　太田初枝

【添削】空高く草原広がるサファリーの藪より鳳凰孔雀飛びたつ

何しろ広大なサファリーが出ている。飛びたつのが鳳凰孔雀であるのが豪快。いいね。

【原歌】透明に青く光りて流氷は響きあいつつ沖に向いし　京都府　尾崎みな子

【添削】透明に青く光りて流氷は響きあいつつ陸を離るる

状態をしっかり描写していて詩がある。結句「沖に向いし」も悪くないが、作者の位置をもう少し出したい。

【原歌】わが内に納まりきれぬ怒をも払ひて冬の雷遠ざかる　山口県　元田裕代

【添削】わが内にとどこほりたる怒をも払ひて冬の雷遠ざかる

自然現象の雷鳴と自身の心情とを結びつけているのが生きている。「冬の雷」であるのもいい。

【原歌】東京より帰り来し子のアクセント我より徐々に遠くなりゆく　京都府　深井信子

【添削】東京より帰り来し子のアクセント聞けばわれより遠のく如し

秀歌。実感が出ているね。一見たのもしいことでもあるが、親にとっては限りなく寂しい。よく言えている。添削は参考。

【原歌】夜半すぎて星の輝けり凍てつきし濃紺の天空冴えわたりつつ　北海道　井上昌子

【添削】夜半すぎて星輝けり凍てつきし濃紺の天冴えわたりつつ

素材大変よい。「星の」の「の」はいらない。「天空」の「空」もいらない。すっきりさせれば、自然の荘厳が出る。

【原歌】思わずも母の口より野次がとぶ国会中継もめに揉めたり　栃木県　松本ひろ子

【添削】思おえず母の口より野次がとぶ国会中継もめに揉むれば

一読笑みがこぼれる。即ち人の真実の姿が、人柄やその生き方等まで思わせて生き生きと出ている。

【原歌】荘厳と思へる様に深々と蔵王の山の樹氷枝垂る　東京都　小野澄子

【添削】荘厳と思へる様に深々と蔵王の山の樹氷がつづく

樹氷の荘厳、よく言えている。「枝垂る」は状態の一つだが、スケールが小さい。

【原歌】春光の展ぶるわが庭集ふ数日々増しながら鶫のあそぶ　千葉県　安孫子正子

【添削】春光を展ぶるわが庭集ひくる数日々増して鶫《つぐみ》のあそぶ

季節の移った感じを大変よく言えている。人の心をほのぼのとさせる歌。鶫であるのが殊にいい。

【原歌】山峡の道を歩めば右左新緑の香山肌に満つる　島根県　堀口一三

【添削】山峡の道を歩めば左右《さいう》より新緑の香のただよひ満つる

実感がこもっている。自然を対象として詠うとき、これが大切。「山峡」「山肌」など言葉を重ねない。

【原歌】山々にあをきかがやき人々にやさしきこころ筑北村《ちくほく》は　千葉県　大塚秀行

【添削】山々のあをきかがやき人々のやさしさ筑北村にすごせば

うまく表現する、即ち鮮やかさも作歌の大切なポイント。「やさしさ」はすでに「こころ」だから「こころ」は余分。言い方鮮やかな一首。

【原歌】寡黙なる子の声に仰ぐ山法師梢に二つ見え隠れする　山梨県　小林武子

【添削】寡黙なる子の声に仰ぐ山法師梢に花の見え隠れする

ほのぼのとした親と子の心の動きが出ている。「二つ」ではなく「花の」とすべきところ。

【原歌】いたずらに人物いらぬと母は言ふ月下美人の花写したり　栃木県　松本ひろ子

【添削】いたづらに人物いらぬと母は言ひ月下美人の花のみ写す

いいね。お母様の人柄、生き方のようなものが出ている。「言ふ」と表記しているから「いたづら」と歴仮名に統一した。

【原歌】補助剤は識らず用ひず青菜などみづみづしきを日々調理する　　愛媛県　菅千津子

【添削】補助剤のたぐひ用ひず青菜などみづみづしきを日々調理する

「識らず」までは言わない。それにしても羨ましいね。人生観も出ているのがいい。

【原歌】明け暮れに子等のみてゐる連峯の初冠雪をテレビにてみつ　　千葉県　嘉村　泰

【添削】明け暮れに子等の見てゐる連峯の冠雪を今朝《けさ》テレビにてみつ

遠く住む子らを思う気持が出ている。「連峯」は固有名詞になればもっとよい。「初○○」の「初」は俗になりやすい。「みる」の重出は、一方を「見」と漢字にして目立つのを避ける。

【原歌】年古りて丸くなりたる柊の葉群の中に花反りて咲く　福島県　桑島久子
【添削】年古りて丸くなりたる柊の葉群の中に花あまた咲く

「反りて咲く」は、やや細い。しかし、捉えどころのしっかりしているよい歌。

【原歌】零戦に乗るを夢見し日も香き穂波の上を赤蜻蛉とぶ　愛媛県　末光八郎
【添削】零戦に乗るを夢見し日も香く稲の穂の上赤蜻蛉とぶ

内容が特殊にて、他の人の詠えないこと。経験の声だから一首が生きている。「穂波」は俗。

【原歌】あら塩に大豆麴を一・三・三出来栄え上々如月の風　茨城県　太田初枝
【添削】あら塩の一に対して大豆麴三対三にて出来栄えのよし

こういう光景も一首になると楽しい。「一対三対三」になるわけでしょうから、そう言うのがいい。「如月の風」はとってつけた感あり。

【原歌】雪降らぬ異常にも一月あたたかし川の薄氷忽ち解ける　北海道　井上昌子
【添削】雪降らぬ異常にて一月《いちぐわつ》あたたかく川の薄氷忽ち解くる

異常な暖冬の感じを捉えたところがよい。特殊な内容である。第二句「にも」の「も」は働きすぎるから注意。

【原歌】老い病むは悲しみ増すと母言ひきその齢過ぎわれ独り住む　千葉県　加藤恵美子
【添削】老いて病むは悲しきことと母言ひきその齢過ぎわれひとり住む

思い徹って心に響く作。「増す」はやや当然すぎるから、シンプルに「悲し」のみにする。

【原歌】ひたすらに愛と祈りの日々にのみ一生過ぎにしわがはらからは　東京都　小野澄子
【添削】ひたすらに愛と祈りの日々を生き一生《ひとよ》過ぎにしわが亡き姉は

「生き」という言葉が必要だから、「のみ」はやめる。姉の人生観のようなものをも言い得ている。

【原歌】夕光のさす東空に鮮やかにかかりて大空ひろし　京都府　深井信子

【添削】夕づきし東の方《かた》に鮮やかに虹のかかりてその空ひろし

われわれの生きる身辺・日常にこそ「詩」がある。そのよい例。美しくかつ雄大。「空」の重出は避ける。

【原歌】食堂の軒端の氷柱幅広くずしりと垂れて疾風に折れず　東京都　野沢洋子

【添削】食堂の軒端の氷柱幅広く重々と垂れ疾風《はやち》に折れず

「ずしり」も分からなくはない。しかしここは言葉を多く使って大切に言うべきところ。内容よい。

【原歌】氷雨やみ日差し明るみし庭隅に賜りし福寿草光を放つ　京都府　尾崎みな子

【添削】氷雨やみ日差し明るき庭の内賜りし福寿草光を放つ

第四句、字余りだが内容がよく、すっきりと美しく言えている。氷雨のあとだというのも効いている。空気を感じさせる。

【原歌】岩清水砂盛り上げて流るるを幼きわれがしばし見て居り　東京都　小島玉枝

【添削】岩清水砂盛り上げて流るるを幼きわれがながく見て居き

「砂盛り上げて流るる」がいい。自然のナイーヴを捉えている。それを幼きわれが見守ったというのは過去の回想にて暗示的。

【原歌】花終へし水芭蕉の葉はたくましくせめぎ合ひつつ池せばめをり　福島県　桑島久子

【添削】水芭蕉の花終へし葉はたくましくせめぎ合ひつつ池をし覆ふ

「池をせばめ」るは、一つの感じとして悪くないが、上にて「たくましく」と言っているから、結句「覆ふ」の方がふさわしい。初夏、雪白色の苞と黄緑色の花穂とが清楚な水芭蕉、しかし葉は茂ると一メートルを越える。意外性を捉えた秀歌。

【原歌】海近き八一の歌碑の拓を採る浮き出す線は調べをはらむ　京都府　長谷川真由子

【添削】海近き八一の歌碑の拓本を採れば浮く線調べをはらむ

よい歌が出来、残せましたね。浮き出た線に調べを感じているのはいい。経験が光っている。

【原歌】あらき呼吸収まりし夫の頬伝ふ涙拭きやりて思ひ果てなし　千葉県　安孫子正子

【添削】あらき呼吸収まりし夫の頬伝ふ涙拭きやり思ひ果てなし

哀切なり。描写的に言って、読むものの心をうつ。

【原歌】まなうらに南十字星とめおきて時の流れを思ひつつ眠る　千葉県　加藤恵美子

【添削】まなうらに南十字星とどめおき時の流れを思ひて眠る

思いよく出ている。「南十字星」がやや唐突の感なくもないが、歌は説明できない感情を表現するものでもある。

【原歌】歌詠めば心はおのづと静まりぬそれにてよきと我はするなり　福岡県　南野紀男

【添削】歌詠めば心はおのづと静まりぬそれにてよきとつづくる我は

この一首、内容に強く同感する。作歌の解毒作用とか詩の必要とか言い、私の尊重していること。結句、倒置して強調する。

【原歌】夕空になほ力ある立雲の峰残照にはげしくれなゐ　愛媛県　檜垣文子

【添削】夕空になほ力ある立雲の峰残照にくれなゐの顕つ

「なほ力ある立雲」はよく見、よく言えている。「はげし」は言葉が浮いているから、少し抑えて「顕つ」くらいにてよいだろう。

【原歌】亡き人を呼ぶ如く鳴く烏骨鶏の声ひびきをり広き庭ぬち　千葉県　横山与志乃

【添削】亡き人を呼ぶ如くにて烏骨鶏の声ひびきをり広き庭ぬち

「呼ぶ」と言い、「ひびく」と言えば「鳴く」はいらない。悲しみが出ている。

【原歌】だしぬけの音に目覚めし夏の夜家振はせて雷の轟く　山口県　元田裕代

【添削】だしぬけの音に目覚めし暑き夜家の振ひて雷の轟く

季節を動かす雷だね。言い得ている。「夏の」はやや一般的になる。具体化が必要。

【原歌】峰に咲くたかねざくらに逢ひたくて霧の吹きくる尾根辿りゆく　千葉県　山本清子

【添削】峰に咲くたかねざくらを見んとして霧の吹きくる尾根辿りゆく

「逢ひたくて」は擬人。悪くはないが少々甘くなる。ずばり「見んとして」の方がこの体験が生きる。

【原歌】今昔の四つ辻なりしこの辺狐狸《きつねたぬき》が朝帰りする　山梨県　小林武子

【添削】昔より四辻なりしこの辺り狐狸《きつねたぬき》が朝帰りする

「今昔の」と言うと古臭い感じがある。「狐狸が朝帰り」はユーモラス。実景なのだろう。

【原歌】留守電に用もなけれどかけました父亡き後の母の淋しさ知る　京都府　深井信子

【添削】留守電に用もなけれどかけたりと父亡き後の母の声あり

心うつ歌。「かけました」は口語調にて、しかも直接話法だから響きが軽くなる。

【原歌】管6本に命托して眠る母術後二日目の夜は更けゆく　徳島県　組橋裕子

【添削】管六本に命托して眠る母手術後二日の夜の更けゆく

「術後」という言葉は医学用語にて別の意味になる。われわれは「手術後」としっかり言いたい。

【原歌】人込みに揉まれジグザグ道登り富士の高嶺に来光を待つ　山口県　河本美隆

【添削】人込に揉まるる如く道登り富士山頂に来光を待つ

今日の富士登山が「人込」だというのは特殊にて、よく捉えている。そうして「来光を待つ」は快い。

【原歌】一葉の使ひし井戸が路地に残りポンプを押せば水ほとばしる　千葉県　山本清子
【添削】一葉の使ひし井戸が路地に残り手押ポンプの水ほとばしる

いいね。もろもろの思いがこう言って暗示される。「押せば」も悪くはないが「手押ポンプ」として調子を出す。

【原歌】谷底に落ちゆくやうに下りゆきメトロ都営大江戸線に乗る　三重県　高橋典子
【添削】谷底に落ちゆくやうにわが下り都営大江戸線に乗りたり

「落ちゆく」「下りゆき」は気になるから整理する。「メトロ」もいらない。「都営大江戸線」にて十分。

【原歌】長崎の聖人殉教の丘にゐて市電の響き眼下に聞こゆ　京都府　長谷川真由子
【添削】長崎の殉教の丘に立ち居れば市電の響き眼下に聞こゆ

「立ち居れば」とゆっくり言いたい。「聖人」もいらない。手際よく言えている。

Ⅳ　天の声抄——佐藤佐太郎の歌会指導

私が歌人佐藤佐太郎の歌会指導に強い関心をもって東京歌会に欠かさずに出席するようになったのは、昭和四十二年からで、毎回大きな収穫を得て帰り、短期間に短歌の真髄について悟ることが多かった。その成果はたちまちで、昭和四十九年の「歩道創立三十周年記念大会」にあたっての「歩道大賞」(「要約」三十首)、歩道年度賞の同時受賞などに現れた。私は記録魔のようなところがあるから、歌会の記録をまめにとっていたのが身についたのである。そういう記録を私がしているのを知って居られたかどうか、昭和四十九年の一月歌会にあたって、佐藤佐太郎から、歌会指導の摘録を「歩道」に続けて載せるように指示を受けた。そうして十二年間の記録が残ったのである。

この度、漸く機会が到来したのでその記録を分類整理し、広く短歌作者の実作に直ちに役立つ資料としたい。歌人佐太郎の指導は、一つはよい歌についてはごてごてと言わず、シンプルにその長所をとり上げたので、大きく**「よい歌の条件」**としてくくり、改善を要する歌でも、必ずよい点を認めて、その上で改善点を示すというのがその指導であったから、もう一つは**「改善のポイント」**として整理することにした。どちらの例歌がよいとか悪いとかの差はない。こうした具体的な助言を本物の短歌、純粋な短歌を愛する人が**「天の声」**として生かしていただけたらありがたい。考えてみれば文学史に残る歌人が歌会でどんな助言をしていたのか、知り得る機会に恵まれている人はそう多くない。利用の仕方によっては恩恵を共有することにも通ずるだろうし、これ以上の助言をめざす歌人にとってはベーシックな資料となるであろう。その上で、**歌論の究極は一首の歌の批評に集約される**とまで、このごろは私は考えている。

よい歌の条件

①作者が実際をよく見て、独自に見ているところ、捉えているところがある。出来ている歌に厚みがある。申し分ない。想像しているところが快い。

駅歩廊にをれば過ぎゆく貨車のおと時の流の如く聞こゆる　河原冬蔵

貨車だから、停車などしないで過ぎてゆく。長く連結しているから、いつまでも音が聞こえていてやがて終る。駅歩廊にいるとその音が時の流れのように聞こえるという。時の流れは人によって無音にも感じられ、ごうごうと身を振わせてゆくようにも感じられるだろう。

草のなき山の平に蟻塚のいくつもありてその土乾く　向山忠三

山に草のない平があるのは何でもないようで面白みがある。見ているところも表現も悪くない歌。とにかくありきたりでない。

限りなく実の熟れてゐんぶだう棚峡を埋めて平らにつづく　**河原冬蔵**

下から見ているのではないから細部が分らない。だから、「限りなく実の熟れてゐん」と想像している。その想像が気持よい。しかも「峡を埋めて平らにつづく」が的確である。しっかりした歌であり、あまり細かなことを言わないで気分が出ている。

地震にて池水が底よりゆらぐさまこの当然のあやしかりけり　**吉田和氣子**

地震で池水が揺れるというのは今までもあったろうがそれを「底よりゆらぐ」と言ったのはよく捉えている。「この当然のあやしかりけり」はまずい。この事柄はむしろ当然でない。嘘を言ってもいいから真実に響くようでありたい。

雷鳴はグランドキヤニオンの岸壁に響かひ合ひて長く轟く　**飯田重利**

下句、大変うまいことを言っている。この程度にゆけばまずよい。一面から言えばこの位の歌の出来る力を皆持っているわけだ。「響かひ合ひて」は言葉が不自然。「響き合ひつつ」とか自然に言わなくてはならない。大きな歌だし捉えたところのある歌。

月かたぶき星かたぶきて高山のあかとき近き雪光りあり　**榛原駿吉**

作者は高い山にいて夜の明けようとする雪を見ているのでしょう。静かで清らかで、大きくて何ともいい情景。「月かたぶき星かたぶきて」が普通ではちょっと言えない。そう言わないでも実際の情景は表現できるがこう言うことによって歌に厚みが出ている。大変いい。

思ひまうけぬこと世にありて犬猫の月賦販売といふ広告哀れ　**伊藤いく子**

世の中は広いから思いもかけないことがあると言って、折込広告か何かを見ているところ。この通りで、「犬猫の月賦販売」というのが面白い。ほんとに初めて見るよ、こんなのは（笑）。「月賦販売といふ」の「いふ」はもっと直接な言い方で、「月賦販売の広告」としたらいい。こういう具合に生き生きとした歌を作りなさい。

足悪き仔猫捨てがたく日を経れば気強くなりて育ちゆく見ゆ　**原口はる**

面白い歌。足の悪いまともでない猫がいて、捨てようとするが捨てがたくいる。そうすると成長をして、その猫がだんだん気が強くなって育ってゆく、というわけです。作者が優しい云々ではなくこういう事実が面白い。もしかしたら人間にもこういうのが当て嵌るかもしれない（笑）。そのことによってたくましく生きている場合もある。猫でも同じと見えて、足の悪い猫がいじめられたりして、かえって気が強く育ってゆくというのが面白いところ。こういうふうに生き生きとした材料で歌を作るようにしたらよい。

声低くいのりつつゆく葬列をカスバの路地にたちて見送る　**遠藤那智子**

カスバは地名だろうがどこか。どこの地名かが分かるとうまいと思う。「声低くいのりつつ」と「たちて見送る」がうまく調和していて、申し分ない。

※「カスバ」アルジェリアの首都アルジェの旧市街地

秋暑く泊つる船なき横浜港潮ぬめぬめと岸に流るる　福谷美那子

自分の目でしっかり情景を捉えている歌。「ぬめぬめ」など的確。

②情景が新鮮で味わいがある。堂々としている。情景そのものに一つのよさ、新しさがある。雰囲気がある。材料がよい。

境なく海より続く湿原はもみづる草に潮のみちくる　松生富喜子

「境なく海より続く湿原」というのも簡潔でうまいし、「もみづる草に潮のみちくる」も情景がいい。見方が正確。ぬき出てよい歌の一つ。強いて言えばこの歌のように「……湿原は」というのも一つの言い方だが「……湿原の」という方がもっといい。一首全体の情景が大きくなる。

深渓に見えゐて寂し傾きてかがやく氷河末端の青　由谷一郎

アルプスの山の中の氷河でしょう。「氷河」は誤用されることもあるが、地理学上の名前だからそうざらにあるものではない。私の歌を参考にしているところもあるが、手際がよく、これはこれでよい。前提のように「見えゐて寂し」と主観を打ち出しているが、こういうやり方でよい。作者の位置は場合場合によるが、これは情景がいいからどこにいてもよく、作者が見ているということが出ていればよい。

干潮に島めぐる径あらはれて潮の香しるき藻の上あゆむ　松生一哲

上の句の「干潮に島めぐる径あらはれて」見えるというのがなかなかよい。道といっても、自然に人が歩いている程度のものでしょう。「潮の香しるき」もよいが一番よいのは上の句。

氷柱となりて日に照る峡の滝滴り落つる水音さびし　若林智恵子

滝が凍って氷の柱になっているところ。何でもないようだがそこがなかなかよい。「滴り落つる水音」と言って情景を単調でなくしている。「さびし」は言わないで済めばその方がよいが、歌を作る場合、どうしても使わなくてはならないときがある。

梅雨の風吹く夕べにて栗の花しきりに匂ふ渚村ゆく　遠藤那智子

渚村であること、栗の花がしきりに匂うこと、梅雨の風が吹いていることが全体として新鮮な感じを与える。

島渚いたぶる波の間近まで稲架のたてられ夕日に匂ふ　原野和女

詠んでいるところ、大変よい。その稲架が夕日に匂うというのは漢詩にもあるが、独特のよい匂いである。それが波の間近にあるというので、何ともよい。目が働かないとこういうことは言えない。清新な感覚が生きていて非常によい歌。

鳴き渡る雁を仰げばヒマラヤの山々夜空に白く耀く　　**飯田重利**

ヒマラヤの山を実際に見て歌っている歌で、材料もよく、表現もうまくいっている。「雁を仰げば」は古い言い方だが、ヒマラヤの上の雁だから、材料がよい。殊に「夜空に白く耀く」ところで、申し分なくよい。

瀬戸内の塩田跡のゴルフ場陰影のなきみどりしづもる　　**中田長子**

塩田の跡がゴルフ場になっている情景。うまく整理をして、申し分なく鮮やかに言えている。

③感じ方が常識的でなく、中身がある。実感がにじみ出ている。感じが出ている。

はればれと島丘の空に煙たちて砂糖黍畑広く焼かるる　　**和歌森玉枝**

砂糖黍畑を焼いて煙が立っている。それを「はればれと島丘の空に煙たちて」と言った上の句がよい。「はればれと」が効いている。

霊廟に通じる広き石畳若葉の下にかがやきてをり　　**為広秀美**

「広き石畳」という表現にいかにも霊廟らしい感じが出ている。石畳は「若葉の下にかがやきてをり」が大変うまい。大げさ過ぎるという批評も出るかもしれないが、自分でそう感じたら感じたままを強く言うのがよい。そのためにこの歌は生きているわけだから。ただ、「通じる」は「通ずる」が文語の言い方。こういう歌になると文語で言うか口語で言うかがものを言ってくる。文語の方が堂々としている。

何ゆゑとなく哀れにて西日射すビル側壁に鳴く蟬ひとつ　伊藤いく子

木の幹などではなくビルの側壁に鳴いている蟬は（作者が気づいたこと）、一つの新しいみつけところでしょう。痛々しいような感じを持っている。「何ゆゑとなく」も、こう言って感じを出している。

夫なき日々のたつきに耐ふる子が病めばわがままに吾に振舞ふ　松山益枝

夫のいない打撃、それをかろうじて耐えて生きている様子がよく分かる。「歩道」にもこういう境涯の人は何人もいる。世の中は危惧なく幸福でゆければいいのだが、なかなかそうはいかない。若くして寡婦となり、そのまま老境を迎えている人も少なくない。そういうのはまた、人生に於ける感動的なこと。この歌のように歌は中身があることが大事だ

補陀落に行くを願ひて船出せし渡海僧ありき墓あまた立つ　伊藤幸子

仏教のこういう信仰のあるのは昔から知っているが、渡海僧はとにかく死ぬために行くのだから、信仰であっても非常に寂しいことだ。だから、いろいろ伝えられているが、そうたくさんいるとは私は思っていなかった。この歌によると「墓あまた立つ」だから大したことだ。現

実にそんなに多かったということに驚くね、私は。「渡海僧ありき」で切ると固くなる。渡海僧があって墓あまた立つと言った方がよい。何しろ下の句がこの歌の平凡でないところ。

宗教に拠らずならひなき六回の忌をつつしみて一日籠る　**和歌森玉枝**

無宗教主義者でしょうか。例えば仏教などに拠らず、自分の記憶で何回目の忌日であるかを知っていて、回向のような気持で一日籠っているという。実感のにじみ出るような、静かなよい歌。

移り来てこののち永く住む家に踏切の鐘かすかにきこゆ　**飯塚和子**

よく意味のとおる歌。いかにも新しい環境に移ったという感じが出ているし、住む人の寂しいような感じも出ていて、うまい歌。下の句「踏切の鐘かすかにきこゆ」がよい捉えどころ。

十年経て墓に納むるわが孫の小さき骨をばしばらく抱く　**松山益枝**

事情があって納めなかった孫の骨を今墓に納めるところ。申し分なく、事情のよく分かる、うまい歌。やはり斎藤先生の流れを汲んでわれわれの歌は「写生」でいっているから、こういうよい歌が出来るのだと身にしみて感ずる。

昼飯ののち出払ひてとむらひを手伝ふ人ら苗代見まはる　**横尾忠作**

いかにも農村の忙しいときの葬儀にありそうな情景。短歌は中身が第一だからこの歌はとても面白い。

④言い方（表現）がうまく、調子がのびのびしていて、必然性もあって、確かな作。言うべきことを言って破綻がない。手際がよい。よく言えている。

透明の壁のなかにて浮くごとき人乗せてゐるエレベーター動く　**室積純夫**

エレベーターの中で起る犯罪を防ぐためでもあるか、とにかくガラスの壁の中でエレベーターが動いている。全体に言い方がよい。「浮くごとき人」も的確だし、それを「乗せてゐる」と言っているところもよい。はっとするような、無気味のような、もしかしたら滑稽のような、瞬間的な変な感じが手際よく出ている。

ふとしたるはづみに思ふ今の子ら蚤をとらへし快感を知らず　**近常　操**

歌っているところよく分かる。大したことではない。だからして「ふとしたるはづみに」と言ってそれが生きる。非常に手際のよい歌。蚤をとったことがなく、その快感を知らないと言ったのが面白いところ。「蚤をとらへし快感を知らず」の「を」の重出は少し緊まりがなくなる。結句の「を」は落ち着いてよいので上の方の「を」をなくすことが必要だった。これは面白い歌。

海の上餌を求めて舞ふかもめみづから描く輪の中にあり　**後藤久登**

あっさりしていて中身が足りないようにも思えるが、だいたいこの程度にゆけばよい。「みづから描く輪の中にあり」と言うことによって、作者の眼差が出てくる。それによって感じが生きてくる。歌は少しのことを言って生きていればよい。斎藤茂吉は現実をありのままに言えばそれが出ると言っているが、実際はそればかりでなく、例えばこの歌の「みづから描く輪の中にあり」というように言うことによって、歌は生きる。見方でも言い方でも、人の真似でなく斎藤茂吉の言う「ひらめき」がなくてはならない。

大寒の天二時間のかがやきを見つつ音なき点滴を受く　　**室積純夫**

「大寒の天二時間のかがやき」が理屈でなく大変うまい。そういう空を見ながら音ない点滴を受けているところで、今日の歌の中では一番よいだろう。

長良川にあぐる花火のこだましてわが住む小さき町をゆるがす　　**古田徳子**

小さい町を花火のこだまが揺るがしているところ。手際よく言えて要領のよい歌。

海潮に流されぬためおのが身に昆布をまきてラッコは眠る　　**榛原駿吉**

テレビの画面などで見ているのだろう。実際の経験と違うが、このように余分なところがなく、手際よく言えたら大変よい歌だと思う。表現がうまい。

うちつけに空叩くごとヘリコプターの過ぎて音なし秋の曇日　　**吉田和氣子**

「うちつけに空叩くごと」が大変うまい。材料の整理がよくできている。

⑤簡明、簡潔、単純にて、よく分かり自然に納得ができる。生き生きと表現されすっきりとしている。言い得ている。平凡に近いようで平凡ではない。

歯を病みてはかなくこもる暑き日々松葉牡丹は夕べ花閉づ　　松生富喜子

「松葉牡丹は夕べ花閉づ」は平凡だという批評があった。平凡であるけれどもこれも一つの状態。とにかく「はかなくこもる暑き日々」がよい。

目の前の大き雪山中空にかがやく月の光をかへす　　松生一哲

調子もはっているし単純に言えている。一歩間違えば平凡になる。例えば富士山のような情景が想像できる。「光をかへす」というから雪山全体が光っている。「目の前の大き雪山」はそういう単調のような雪山にふさわしい大きなつかみ方でうまい。平凡に近いように見えて平凡でない。

老母に代り看とれば病む父の吾には呆けしもの言ひをせず　　福田智恵子

特殊な事情があって看病するところ。父と娘で安心するのかあるいは何か理由があってそうなるのか。「吾には呆けしもの言ひをせず」と言うのが面白い。特殊でありなお込み入らず、割合に自然に言えている。

雪かづきゐる前山が夕焼に染まれるごとく赤々と照る　　石井伊三郎

情景が簡明で快い。このように簡単に言うのがよいという意見で私は実行しているが、いざ作るとなるとなかなかこうはいかない。この歌は単純に言えていいてうまい。

甘酸ゆき葛の花の香ともなひて海風の吹く御台場ここは　**寺田幸子**

「御台場」は防衛のための堡塁のようなところ。そこに葛の花が香り海風が吹いているというのは、「御台場」でもあるから懐しいしょい情景。「甘酸ゆき葛の花の香」と非常に簡単に言って、要領を得ていてうまい。

冬海の光やはらかく岩のりをほす家多き浜の村ゆく　**遠藤那智子**

「岩のりをほす家多き」で漁村の様子がはっきり出ている。言っていることが少しで、くどくどしていなくあっさりしている。非常にすっきりしたよい歌。

⑥生活感情が出ていて、切実。

やうやくに見通したちてはげみをり徒労にすぎし長き一年　**熊谷優利枝**

批評されたようにどういう場合かが分からない。そういう事柄が必要な場合とそうではない場合とがある。この歌はどういう場合でもよい。上の句の「やうやくに見通したちてはげみをり」がよい。例えば何日かまでに借金のかたがつくとかいろんな場合が考えられる。どういう場合でも構わない。

カルカッタの競馬場にゐて夕べ五時落日のさましばし見て立つ　**菊地正子**

カルカッタにいることと落日との関係がどういうふうになっているのか分からないが、何となく切実な感じがする。「カルカッタの競馬場にゐて」が何か作用している。理屈でなく、情景が切実。「夕べ五時」はなくてもよい。

たかむらの幹秋の日にほてる道午睡をはりて稗抜きにゆく　**横尾忠作**

篁の幹が秋の日にほてる道を通って、午睡後に稗抜きに行くところ。こう言って自分の生活を表現している。素材もよいし、うまい歌。ただし、「…幹秋の日にほてる道」あたりもっと手際よく言えるはず。推敲の余地がある。

⑦突然に響くようで却ってよい。欠点はあるが生きたところのある歌。

子のひとみ清らかなれば慎みてわがある日々にびはの花咲く　**佐藤マリ子**

「子のひとみ清らか」とそのために「慎みて」いるというのとは、全部原因結果ではないが、「びはの花咲く」と、ある調和をもっている。表現この程度にゆけばまずよい。

南天の花みづ玉と重なりてかがやく朝滝道を行く　**波　克彦**

特に南天の花が水玉と重っているというのは手際がよいというわけにはゆかない。もっとあっさり言える。しかし南天の花に露がおりているような朝、滝に向って歩いて行く。何かよい感じのある歌。このように、自分の感じでつかんだところがなくては歌はつまらない。欠点はあるけれども生きたところのある歌。

⑧固有名詞が働いている。全体の調子もよい。

湖岸の砂におびただしき供華たちて祭の過ぎし恐山しづか　河原冬蔵

恐山という地名がよいし、その情景がよい。整ってもいてよいところを持っている。

神尾田の社は湖中に沈みたる村落守りこの丘に建つ　荒木千春子

「神尾田の社」と役にも立たないような名称だが、固有名詞を入れることによって歌が生きてくる。この神社が湖底に沈んだ元の村落を守るようにして、丘の上に建っているというのが、どこにでもあることだが、哀れというか一つの感じを持っている。中身がある。このように手応えのある対象を歌にするのがよい。

朝より蟬暑く鳴き零陵に終戦迎へし兵の日思ほゆ　松原寿美男

実際に兵だった人には終戦というものがいつまでも響いているのでしょう。そういう意味ではそう珍しくもない歌だが、「零陵」という地名があってこの一首は生きている。

夕昏れし木曾街道はいづこにも白樺を焚く迎火ゆらぐ　松生富喜子

迎火に白樺を焚くというのが特殊であり、木曾街道という固有名詞が生きている。この通りの歌。

⑨過不足なく言えている。直接端的である。手際がよく気が利いている。自分の感じたままが言えている。

ことごとく水に向ひてたつ牛の黒き群さびしサロマ湖畔に　山県幸子

手際のよい情景。「牛の黒き群さびし」の「さびし」が気になるという批評も分かるが、また、こういうところ全てを否定してしまっては歌の味わいがなくなる。きちんと収まりのついた言い方の歌ではないか。「ことごとく水に向ひて」あるいは「黒き群さびし」という言い方、併せて全体としてある一つの型で言っている感じも持たせる。

月面に光かへりつつみつまたの花おぼろなる夜半の寂しさ　和歌森玉枝

「月面に光かへりつつ」と言って何をもってきてもよいが「みつまたの花おぼろ」と言ったのが大変うまい。みつまたはもともと製紙の原料であまりはなやかでない。だから丁度うまく溶け合っている。大変美しく、すっきりしている。「夜半の寂しさ」があたりまえだが収まりをつけなくてはならないから、仕方がない。

集金を終りて刑務所の庭帰る薔薇咲き噴水のあがる傍ら　**上原たけじ**

刑務所の庭だから、普通のところの集金とは違う。随分変ったことやるね。でも、現実にはそういう仕事もあるでしょう。「薔薇咲き噴水のあがる傍ら」は公園のような感じだが、今日だからそうでもあろうし、よく分かる。それがかえって面白い。タッチがとらわれなくて、例えば手際のよい水彩画のようだ。あっさりと表現していてよく分かる。気の利いた歌。

片仮名の表札かかぐる門を過ぐ竹の古葉の散る庭に見て　**坂井正明**

異邦人か何かの理由で片仮名の表札を出しているような道が想像される。しかし別な想像をしてもかまわない。とにかく片仮名の表札のある家に竹の古葉が散っているという二つの取り合せが何となく面白い風景。歌には理由は必要ないから、簡単で、気が利いていていてしかもすっきりしている歌。

花の咲く頃としなりてこの冬の雪に弱りし椿枯れてゆく　**原口はる**

正確に表現して、哀れがある。

ブルガリアに会ひたるソビエト旅行団の中に吾らに似し顔多し　**荒木千春子**

ソビエト旅行団に我々に似る顔が多いと、そう言われればそういう感じがする。「似し顔多し」は単なる偶然かもしれないが、とにかく面白い。処理の仕方が気が利いている。「似し顔」は「似る顔」の方がよいだろう。

⑩言っている以上に感じさせる響きがある。適当に中身があり、適当に調子がある。声調がよい。余情がある。空気と光とを感じさせる。

航海の錆をまとひて大き船泊つるを見ればいたく静けし　飯塚和子

大変よい。「航海の錆をまとひて」がうまい。「いたく静けし」は言葉で言っている以外の事も感じさせる。こういうのが歌。三句で切って読むのでなく、二句、四句、結句で切るのが本当の読み方。いつも三句で切る読み方の習慣をつけないように。この歌は申し分ない。

病棟の廊下を運ばれゆく媼ゆあみの後の顔かがやきて　伊藤いく子

歌はたった三十一字で、あまり多くのことを言う必要はないが、歌い方によってはいろんなことを言うことができる。言うことができるというより感じさせることができる。この歌は丁度いい例。たまにしか入浴しないのだろうとかまで感じさせる。下の句の「ゆあみの後の顔かがやきて」が大変うまい。

から松の芽ぶきて淡青となる林残雪の山そがひに下る　遠藤那智子

落葉松が芽ぶいていて、残雪のある山を見ながら下るというだけでも快い。深い意味があるわけではないが、調子がすっきりしている。

⑪深刻ではなく平凡に見えるが様子、状態が生きて、よく出ている。

まれまれに来る山の家蛇口より出づる湯泉しばらく赤し　武井斐子

稀に行く山の家。蛇口をひねるとしばらくは錆のため赤い湯が出る。これも生活の一部。歌は深刻な意味がなくても状態が生きていればよい。

知る人に一人も逢はずこの街に住みし二十年まぼろしなすも　香川美人

現代的でなく「まぼろしなすも」とやや古風に言っている。その言い方にまた味わいがある。「知る人に一人も逢はず」の「一人も」のあたり何とかもっとうまく言えるのではないか。「二十年」と数を言っていて「一人も」は少し耳ざわり。しかし、いかにもそういう感じだろうと思える。

⑫**事実だけを言っているのがよい。事実が特色となっている。実際を淡々と言って面白い。率直にて大胆。**

珊瑚礁にくだけし波がわれの立つ岬の下に寄るとき速し　佐藤志満

島をめぐって珊瑚礁がある。それにくだけた波が自分の立っている岬の下で意外に速い流れとなって寄るのが見える。面白いところを見ている。なぜ速いのか理屈をつけてはつまらなくなる。事実だけを言っているのがよい。

赤や黄に羽染められて鳴きながらひよこは祭の街に売らるる　小林喜子

縁日のようなところでこういう光景をよく見る。大抵の人は雄のひよこが玩具のように売られることは知っている。この歌では羽を染めて売っているわけだ。あまり深刻に言わないで、ただ事実のままを言っている。それがいい。下手に深刻ぶって言ったら鼻もちならなくなる。こういう歌もあってよいし、割合、言うべきことを言っている歌。

椎の落実踏みゆく友の屋敷うち西の一画に墓地のありたり　上原たけじ

屋敷のうちに墓地があるという事実が非常に特殊。「椎の落実踏みゆく」が実際を捉えている。そこが味わい。特殊なところだからこれくらいに言えたらよい。

老齢化社会に生きて老いし父と長女のわれと年金を受く　山県幸子

父とその娘が共に年金を受けるところに一寸した面白みがある。「老齢化社会」も皆長生きするようになったからこのままでよい。事実を淡々と言っていて面白い。手際もよい。

小さなる教会なれど四十年すぎて百二人の追悼あはれ　**川村源四郎**

事実に従って四十年と言い、その間に百二人の人の追悼をしたというのに人の世の哀れがのぞいている。「四十年」とか「百二人」とか言っていい場合とそうでない場合とがあるから一概に言えないが、この歌は事実を言って事実の強みを示している。経験しなければ言えないことである。

⑬新古を超えた実質がある。

帰りたしといひゐし家に亡骸となりたる父を運びてゆけり　**上村洋一**

こういう素材は割合多い。年寄りの共通の心理でしょう。事柄は珍しくないが、新しい古いではなく心に響くものがある。実質がある。「帰りたしといひゐし家に」あたりの調子が軽く浮ついていないのもよい。「運びてゆけり」の事実はどうか。これでも構わないが他の言い方もある。おそらく「運んで行ったのであった」過去のことを言ったのでしょう。現在運んでいるところではない。これくらいにいけばよい。

意識なくあぎとふ父の傍に罪の如くに命終を待つ　　**福田智恵子**

誰でも分かるでしょう、こういう様子は。人間の命終にはいろんな場合があるが、この歌のようになかなか終わらない。この歌はどこがどうだと難くせをつけるところがない。このままで申し分ない。

⑭必要なことだけを言って整然とし、単純に安定している。当然のことを当然として簡明率直に、ずばり言えている。

花もちし萩倒れ伏すわが庭に台風あとの日がつよく照る　　**榛原駿吉**

必要なことだけを言っていて整然とした歌。「台風あとの日がつよく照る」もその通りだし、いろいろ倒れているだろうが「花もちし萩倒れ伏す」と言って効いている。とにかく必要なことだけ言って整然としている。こういうのも長所。

進水を終へたる船が家うごく如く入り来旗なびかせて　　**中田長子**

進水を終えた船がくるのを「家うごく如く」と言っているのがなかなかよい。率直大胆に言っている。「入り来」はまずい。「入りくる」というところ。「入（はい）る」というのは素人。歌はうまいね。

どよめきの如き声絶えず百余名の主婦ら事務執る吾の職場は　木村とし子

何の職業か分からんが、生命保険などでこういう仕事があるのでしょう。仕事は何でもよい。主婦らだから「どよめきの如き声絶えず」はいかにもそうだろう（笑）。雰囲気がよく出ている。言い方もあっさりしていて悪くない。

雪深き山くだりきて家裏の笹ことごとく鹿食ひしとぞ　石井伊三郎

このように歌は要領よくまとまりのつくように作るもの。今年の天候の異常さがよく出ている。

卒業を迎へし少女輝きて背筋も足もしなやかに伸ぶ　桜井美枝子

非常にあっさりしていて感じのよく出ている歌。

暮方に見れば空地は蒲公英の黄の花閉ぢて暗くなりたり　坂井正明

必要なことを言って不要なことを言っていないうまさがある。

⑮**調子にも内容にも哀感がある。そして切実である。**

冬日さす堀に沿ひきて唐突に水草光る地震に逢ひぬ　横尾忠作

よい情景。幸運に恵まれいい材料。「水草光る地震に逢ひぬ」がうまくない。唐突に地震があって水草が光ると言わなくてはならない。そこはまずいがとにかく種がよい。私は採る歌の一つ。

時の経過ありといへども相逢ひて隔つるものは歳月ならず　**斎藤尚子**

意味がよく分かる。歌は具体的なことが分からないでも構わない。内容にも調子にもある種の哀感がある。「時の経過」はつまり「歳月」だから、まわりくどいような気を持たせる。一句でもっと別のことを言ったらよかったろう。割合決ったことを言っているようで、一つの抒情的な感じが出ている。

あはれなる匂をもちてわが側に寄る矮鶏を飼ひ二十年経つ　**和歌森玉枝**

鶏でも年をとると、人間なら老臭というような一種の匂いを持っているのではないか。そういう「あはれなる匂」を持っている矮鶏を二十年も飼っているというところに哀れがあって悪くない。「わが側に寄る」というのが実際に飼っている人でないと言えないし、それがこの歌のよい点。「寄る」と「飼ひ」とかの行動の言葉が少しうるさい。

自らの死に至る病知りし人身辺に聞く苦しかるらん　**室積純夫**

歌の意味はよく分かるし、結句の「苦しかるらん」はいかにもその通りで、切実に感じさせる。歌に軽薄なところがないし、落ち着いている歌で、大変よい。

家政婦の立つる物音家びとの在りし日のごと病む床に聞く　**山内悠記子**

家政婦の立てる物音を家人のいたときのように「病床に聞く」というのがよい。条件もよいし、言い方もうまい。

五十年前にまみえしこの部屋に今日告別の香をささぐる　当摩妙子

告別式に出て五十年前に会ったことを思い出しているところ。具体的で、うるさくなく、調子に哀調があってうまい歌。

⑯世の姿、人の姿が出ていて面白い。

眼を病める仔猫を抱きて目薬をさす妻見ればみづからもさす　河原冬蔵

猫でも病気があり目薬をさしてやるというのが面白い。しかし、それだけではなく、その目薬をさす妻自身もさすというのが更に面白い。人間と動物の関わり合いを通して世の姿というものが出ている。犬でも猫でも病気になると同じような治療をするからね。とにかく面白いということは大事な条件。

病院を出づれば駅のホーム見えホームの人がわれを見てゐる　斎藤尚子

退院する人か入院する人か見舞に行った人か分からんが、病院の玄関を出るとホームが見え、しかもそこの人が自分を見ているという。変に深刻です。理屈を言わずに端的に投げ出すように言って、一つの感じが出ている。世の中のことを思わせるところがあって面白い歌。

竜巻に天にのぼりし蛙らが雷雨とともに降りて来しとぞ　**後藤健治**

竜巻はあらゆるものを吸い上げて破壊したりしますからこういうこともありましょう。どう吸い上げられたか分からんがとにかく蛙が降って来たという。そこがすごく素朴で、子供だましというかつまらんことに喜んでいるように思える。しかし、竜巻でそうなったわけだから軽蔑してはならんこと。一歩間違うと通俗になる。それに感心しているのではつまらんし、さればといって馬鹿にしていてはまずい。そこのかねあいに一つの味わいがある。特に「竜巻に天にのぼりし蛙らが」という言い方にも面白さがある。こういう歌もあってよい。このように説明をつけないで言うから歌が生きる。

やや惜しき陶の物など処分してわが残生を単純化せん　**恒松静江**

よく気持の分かる歌。「やや惜しき」もこの程度ならよい（前評の疑問に答えて）。「すゑのもの」と読むのかな、このあたりが陶磁器だからもっと飾りのない、安直に言う言葉があるのではないか。「単純化」は斎藤茂吉晩年の歌にもあるがうまくいっている。殊に年をとっていると、私なんかよく分かるね。この気持は。「わが残生を単純化せん」がうまい。

雨晴れて靄あたたかき夜の道に帰る九十の母を見送る　**松生富喜子**

気持がこもっていていい方の歌。「雨晴れて靄あたたかき夜の道」と事実を言って、精神的なあたたかさが出ている。全体として世の中の姿がここにある。

六回目の孫の忌日に詣りに来し加害者に娘は茶をすすめゐる　細道千代子

こういうことはも現実にあることで、被害者も気の毒だが加害者も気の毒な立場にあって、加害者に茶をすすめているというのは、変に深刻な世の中の姿が出ている。

⑰難なくうまくまとまっている。自分流の好みによるがまずよい。嫌味のないのはよいところである。

吹く風に光みだして海棠の花あふれ咲く光則寺に来し　松生一哲

「吹く風に光みだして」という表現は海棠に対していかにもそういう感じを捉えている。中国では海棠をもっとも美しい花としている。海棠を言ってこのくらいに表現できたらまずよい。

ガンジスの朝の岸辺に布洗ふ人並びゐて打つ音ひびく　山県幸子

事実にそって自然に言えている。歌は傑作でなくてもよい。自分の経験していることが自然に表すことができたらそれで十分としてよい。洗濯と言っているから「音」が無理なく受けとれる。

茜雲光をさめし夕暮を椋鳥の大群移りゆく見ゆ　　**原口はる**

情景よく分かる。「茜雲光をさめし」もうまいが、それに続いて椋鳥のことを言って上の句と調和している。嫌味なく、生き生きと歌えている。

⑱何ということない。それでいて何か違う。よいところがある。

雨ふらぬひと日の曇日にたちて梅の実青き夕ぐれとなる　　**佐藤志満**

梅の実の青さが新鮮な感じを持たせる。何ということない。それでいて何か違う。「梅の実青き夕ぐれとなる」がうまい。「目にたちて」がしっくりいっていない感じがあって、そこは問題になる。

萌え出づる草雪の間に見えをりて刈田に朝の低き靄たつ　　**為広秀美**

雪の間に草が見えるというのなら普通だが、「萌え出づる草雪の間に見えをり」というので変な具合に、新鮮な感じを与える。下の句の「刈田に朝の低き靄たつ」は割合あたりまえだが、上の句が何でもないようでうまいところのある歌。

⑲感情の波が自然に出ている。言うべきことを言っていて、このくらいに言えれば悪くない。

わが知らぬ歳月を覗き見る如く職退く夫の荷物が届く　　**矢野幸子**

勤め先から自宅へ夫の持物がかえってくるところ。最初は遠くへ単身赴任していた夫が退職して帰ってきたのかと思われたが。家庭にいる夫と違う一面が荷物を通して分かるような気がする。言うべきことを言っている歌で、一寸とした面白みがある。退職を「職を退く」という。事柄はそうだが「職を退く」に「退く」を当てるのは少し無理ではないか。そのために日本語があるのだから、普通に平仮名で「ひく」と書いたらよい。こんな苦しい使い方をしないで。

⑳あまり神経を使わずにのんびり言っているのがよいところ。

栴檀の花と茘枝の朱き葉のつづく野の道を恵州へ行く　　**木村とし子**

特によいということもないが、言い方がのんびりしている。神経質でない。こういうのもあってよい。なかなかこういう具合にのびやかには言えない。私はまだ歌が出来ていないから殊に感心するけども、あまり神経を使わずのんびり言っているのがよい。

遠世より幸せ持ちてくる如く雪は音なく窓外にふる　　**恒松静江**

中身は窓の外に雪が降るというだけ。今降っている雪の感じだが、この感じ方は若い人と年寄では違う。私などは何しろ嫌で、いい気持で雪を見ることはできない。この人は若いらしく「遠世より幸せ持ちてくる」ように感じている。そう思うなら、そう思うように作るのがよい。やや甘いがこのくらい思いきって自分の感じたことを言うのがよい。音もなく大粒の雪が降っているのでしょう。

風ありて下ろし得ざりし鯉のぼり月の夜空にはたはたと鳴る　**柳沢淑子**

通りすがりにたまたま見た光景ではつまらないが、自分の家の鯉のぼりだから歌が生きる。特に変ったところはないが、素直に実際が表現されていて、悪くない。

来訪者なき新年の静かさや余得のごとき歳を重ぬる　**和歌森玉枝**

「余得のごとき歳を重ぬる」が何でもないようでうまい。私も歳をとって、こういう感じを持っている。「来訪者なき新年の静かさや」も言葉少なく言えていて、全体としてうまい。

㉑自然の変化、姿を素直に表現し得ている。

海よりの靄をまとへる合歓の花島の山道いづこにも咲く　**塙　穣**

情景が非常に美しい。靄をまとって合歓の花がどこにも咲いているところは、もしかしたら、日本ではないかもしれない。日本だと初夏だが、そうではなく南方の島などで、いつでも咲いているのかもしれない。とにかく情景がよく、それをある程度言えている

㉒稀な経験を一首に生かしている。

午前二時月蝕をはりて浅峡のなだりあらはに白く輝く　三浦美枝

「午前二時」とまで馬鹿正直に断らなくてよいわけだが「午前二時」頃ということと「浅峡のなだりあらはに白く輝く」ということの間に、ある種の関係があって効果を持っている。

入日さす岩の秀にゐるわが影が小さき虹の環のなかに顕つ　原野和女

実際どういう情景であるか分からなくてもあり得ること。全体がきれいな情景で、楽しい。そういうのも歌の中にあってよい。言うべきことを言って破綻もない。

ヒマラヤの満天の星一望の雪を照らして万音しづむ　宮本クニ

格調の高くよい歌。「ヒマラヤの満天の星」がとてもうまい。情景がよいし、そういう情景に劣らず言い方が豪勢。星が雪を照らすということも実際に経験がなくては言えない。「万音しづむ」が気になる。物音がしないということを普通に言えたらもっとよかった。「満天の星」と言い「万音しづむ」と言ってあまり肩を怒らしてもうまくない。とにかく立派な歌。

千年にひとたびの必然この夜にて太陽系惑星みなつどふとぞ　**飯塚和子**

「太陽系惑星みなつどふとぞ」がうまく言えている。こういう希な機会に遭遇してうまく歌えている方だ。

㉓言葉が練れている。二つの事柄がうまく調和して、よい感じをもたらしている。

暮れがたき帰り路にして菜の花の黄の一群に心の憩ふ　**伊藤妙子**

言葉が練れている。蕪村の俳句にもある情景で、俳句が進歩していたとも、こういう詩があまり変化がないとも、どちらとも言えるが、とにかく暮れがたい路と菜の花の黄が調和していて、よい感じを持たせる。

ふるさとに来りて広き家の中父恋しめばひぐらしの鳴く　**福田智恵子**

ふるさとの広い家の中で父を恋しむということとひぐらしの鳴くという情景には気持がこもっている。言葉のつづきが自然で大変よい。

青柿のあまたころがる坂道を速度おとして霊柩車ゆく　**篠田和代**

青柿がたくさんころがっていることと霊柩車とのとりあわせが面白いし、「青柿のあまたころがる坂道」は新鮮で悪くない。

改善のポイント

①声調・調子が悪い、卑しい。単調である。もっとふっくらとした言い方をしたい。定型で決まった字数できちんと言う。

夜祭の果ててしづまる夜半の町に山車を収むる拍子木ひびく　森平歌子

祭が終って静かになった夜中の町に山車を収める。それを誘導する拍子木の音が響いて聞こえる。歓楽の後の寂しさというか、感じのある歌。「夜半の町に」という第三句の字余りはうまくない。「夜半の町」で切った方がよい。調子が緊まる。たいていの場合第三句は余らない方がよい。

昼ながらくぐもり寒き吊尾根に光る霧氷の木々白く顕つ　原野和女

手際よくまとまっている。気になるのは「光る」と言って「白く顕つ」と言っているところ。どちらか一つでよい。殊に言う場合は「光る」と「白く」の間をあけずに近づければ調子が緊まる。

工事の灯洩るる鉄板敷く道に人さむざむと騒音を踏む　**三谷永子**

情景がよく分かるし相当うまくいっている歌。人が主になっているのが問題で、自分のことを言った方がいい。この歌の悪いところは「工事の灯洩るる鉄板敷く道に」という調子で、この調子は非常に卑しい。字が余ってもテニヲハを入れなくてはならぬところ。「工事の灯洩れて鉄板を敷く道に」とゆけばいい。テニヲハは必要なところはどうしても入れなくてはならないし、省略して調子が緊まり、かえっていい場合もある。そういう識別ができなくては駄目。

人間の言葉をしきりに話す鳥ときに自らの声にて鳴けり　**福田智恵子**

オオムなどの様子。一つの面白さを摑んでいるが、これでは歌が単調に終始することになる。歌はだから難しい。

わが立てる雪渓吹く風寒からず汚れし雪面に夏の日は照る　**平林つとむ**

雪渓であるのに寒くないというのはひとつの見どころ。汚れた雪に日が照っているという目の着けどころがよい。上の句の「わが立てる雪渓吹く風」をもう少し言葉がのびのびとゆるやかに言えたら更によい。ゆとりのある言い方をしたい。

②言いすぎる。結論がはっきりしすぎる。含みがない。抜け目なく言うのもよくない。物足りない。

山火事のあと雪積みし樹林より黒き雪塊風に落ちくる　**向山忠三**

普通ではない、荒涼としてしかも新鮮な情景。しかしまとめ方に面白みがない。あらわに言いすぎている。もっとさりげなく状態を言うのがよい。見ているところは悪くないがそれを処理するのに含みというものがない。

忙しく働ける故声かけずうしろ過ぎしが二日後に逝く　**山内悠記子**

ほとんど急死の人。そういう事情を細く言ってそれだけで効果をもっている。必要なことだけを言っているから。「うしろ過ぎしが」というのは言いすぎであり不要。人を悼む気持が二日後に死んだということでよけい痛切。こういうのは細く言っても興味的にならない。

家も墓も港に近く寄り合ひて神島に人ら安けく住ふ　**白川温子**

このくらいに言えたらまずいい。島だから港の近くに何でも寄り合っている。そこが人の生活の姿をよく思わせる。「安けく住ふ」の「安けく」はいらない。ただ神島に人らが住んでいると言えばよい。結論みたいなものを言わないようにしたい。

あしうらに落葉やはらかき山の道椎の実などもをりをりに踏む　**寺元俊一**

「あしうらに落葉やはらか」と感覚的に受けとったのはよい。全体に自然に言えている。あまりにぬけ目なく言うのはよくない。「椎の実なども」の「も」まで言わない方がよい。

安らかに逝きたる姉のなきがらは余剰とどめぬ冬木のごとし **松山益枝**

上の句「安らかに……」は同情できるが、こう言って少し言いすぎでもあり、普通でもある。下の句「余剰とどめぬ冬木のごとし」はうまいこと言ったようで具合が悪い。「冬木」というなら「余剰とどめぬ」は不要。悪くはないがもう少しどうにかなって欲しいところがある。

木犀の多きこの路地充つる香にひたり歩みて思ふことなし **高橋セイ**

木犀の多い路地でその香に浸って歩いているところはよい。「思ふことなし」は平凡な結論が出ているのでよくない。

③足踏みしている、不的確。不十分である。

独創をもとめてあかぬ生きざまのときにはげしく罪の香ぞする **鵜飼康東**

「独創をもとめてあかぬ生きざま」は意欲的であるから「罪の香」がする場合もあろう。一つの受けとり方で悪くない。この歌は自分のことを言うのか、人のことを言うのか、はっきりしない。仮に自分のこととしたら「独創をもとめてやまぬ」というのが適切でない。やっぱり人のことだろうな、この歌は。そのあたりもう少し自分に即した言い方をするとよい。独創を求める人はどういう人であるか、そして自分との関係を暗示させるようであると、こうした感じ方が生きてくる。

茫々と雪の降り積む暗き夜の空の遠くに街明りたつ　五十嵐輝

結論がはっきりしすぎていても面白くないが、この歌は結論に行くまでに足踏みしているみたいなところがある。「空の遠くに街明りたつ」はなかなかよい。そこまでくるのに間がありすぎる。また、「茫々と」ははっきりしない状態。すると雪がさかんに降っているところだ。ところが「雪の降り積む暗き夜の」はもう雪が止んで積っているところの様でもある。そのあたりに食い違いがあり「茫々と」が的確でないか「積む」がうまくないのかもしれない。

早鞆の瀬戸ひたすらに移る潮強弱のなき音の寂しく　伊藤いく子

「強弱のなき音」とはどういうことか情景を的確に捉えているかどうかというと不十分である。しかし何か特殊な気持を持たせたことをにおわせる苦心のあとが出ている。

④省略が常識にもたれかかっている。

凍りたる湖に穴釣りのあとあれば烏らさわぐ吹雪のなかに　松生一哲

よい情景。しかし「穴釣りのあとあれば」と「烏らさわぐ」との間には省略がある。歌には省略があってよい場合とない方がよい場合とがある。この場合いわば常識にもたれかかった省略のやり方で柄が悪い。「穴釣の穴ありて」くらいの方がかえってよい。

⑤算盤勘定だけでやっている。

夕暮の早くなりたる寒の道灯の明暗を踏みつつ帰る　佐保田芳訓

生活の感情がある。「灯の明暗を踏みつつ帰る」はよい句。しかし、秋の末頃から夕暮は早くなったと感ずるのが普通。それから冬至を過ぎ寒に入る。小寒と大寒とあって大寒の頃に実感として「寒」という。その頃はむしろいくらかずつ日が延びてくるという感じを普通もつもの。この歌は算盤感情だけでやっている。むしろ「夕暮のながくなりたる寒の道」と言えばもっとよい。

⑥はっきり正確に言えていない。隔靴掻痒の感がある。言葉が働きすぎている。

夕かげは椎の林におよびつつ明日をたのまん心つつまし　**池田　博**

「夕光」であるか「夕影」であるか、日本語としては漢字を当てるのがよい。常緑樹の椎の林にさす光には一つの感じがある。下の句は何を言おうとしているかまだ不徹底。「心つつまし」は心が驕るのと反対で敬虔であること、やがては自分を肯定していることになる。自分のことをもったいつけるようになってはまずい。

昨夜の夢のことなど思ひつつ確かならざる悲しみを積む　**杉本康夫**

漠然とした悲しみを持っている朝の感じがある程度言えている。言葉もぞんざいでない。「悲しみを積む」は漢詩の影響だが、中国の詩の文句を使うと大抵木に竹を接いだような感じになる。「悲しみを積む」が間接になり、言葉だけが出て実態が大したことない感じがする。中国の詩句をうまく使っている例は少ない。また、「夢のことなど」は「など」と言わずに言葉を直接に言うのがよい。歌のイロハだ。

目覚めたるあかつき方にわが眼冷えゐてはかなき回想ひとつ　**矢野幸子**

若い人にはないだろう。単に気温の関係だけでなく、筋肉の働きの影響も考えられる。「……眼冷えゐて」まではとにかくよい。それに対し下の句が抽象的で、隔靴掻痒の感がある。

歳旦の明けやらぬ空茫々と渚の焚火寄る波照らす　三浦美枝

下の句の「渚の焚火寄る波照らす」が非常によい。「明けやらぬ」などという表現は茂吉も私もしない。俗になって気に入らない。そこは再考してよいところだが下の句は緊張していてよい。

定年後彫刻習ふ弟の彫りし菩薩は自らに似る　西村婦美子

「定年後彫刻習ふ」は特殊な境地。「習ふ」人は弟であるのだから別の言い方をするとよい。

⑦結句の言い方が軽い。

山吹の輝く花の群落が匂ひて暑き山の峡行く　近常　操

群って咲く山吹は日に照らされて匂う。そういう時に「暑き山の峡行く」というのがいい。強いて難を言えば「暑き山の峡行く」という結句の言い方が軽い。例えば「暑き山峡を行く」と言えば堂々としておさまる。どこが違うか考えてください。

宵はやき西湖の岸の林にてひかり太くゆくひとつ螢は　室積純夫

恵州は暖かい所だから、もう螢が出たりするのでしょう。大変よいところを捉えている。「太くゆく」はうまくない。それから「ひとつ螢は」というのがいかにも斎藤茂吉の真似みたいになっている。春の螢は材料がよい。

わが髪の重きまで曇とどこほる午後街裏の急坂のぼる　佐藤鞠子

とにかく女の人が曇った日に髪を重く感ずるというのは一つの感じを捉えている。それはいいが、こういう上の句に対して下の句をどう言うかは工夫が必要。「……急坂のぼる」が意味ありげでうまくいっていない。何でもないように、さらっとしたことを言えばよい。そうすれば上の句が生きてくる。

夕光に渚の石群明暗をもちて潮引く浜のしづけさ　三浦美枝

結句の「しづけさ」がやや古くさい感じ方で、物足りない。もう少し突っ込んだ言い方が必要である。

⑧現実感が淡い。特殊な情景だから作者との関係を言う必要がある。深みがない。内容が足りない。もっと曲（きょく）があるとよい。

雑木々の枝にはつかに芽ぐむものみつつしすぎて軽雷をきく　福田柳太郎

雑木々の「枝」までは言う必要がない。雑木々の芽ぐむところを通って来て軽雷を聞いたのがよい。この歌では現実感が淡いところが物足りない。例えば岬とか、山のどことか、あるいは村のはずれであるとか場所を言ったらそれだけ現実感が出てくる。

果てのなき野にみち満つるさびしさや夕かたまけて黄土輝く　**原口はる**

非常に調子のいい歌だが、少し中身が足りない。もっと作者だけが見つけたというものがあるとよい。「みち満つるさびしさや……黄土輝く」と言ってもやや大雑把。

燃え落ちて広くなりたる焼跡の暗きにたまゆら炎があがる　**丸山信子**

特殊な情景で、いつでも見られる情景ではない。それだけに、作者との関係を言うことが大切。経過を細かく言っているから余計作者との関係が一首に出ていなくてはならない。作者の影が出ると面白い歌になる。他は的確な歌である。

⑨感じ方が普通。うまいところもある一首だが、全体として平凡。

エスカレーターに運ばれながら緩慢な時のながれに吾は従ふ　**河原冬蔵**

積極的に悪いところもなくまとまっている。しかし、エスカレーターが緩慢に動いているのを、「緩慢な時のながれ」と感じるのは普通。

偶然により分たるる明暗を折ふし思ふ心怖れて　**伊藤いく子**

運命のような場合でしょう。事柄に縛られず、のびのびと自然に言っていて、「折ふし思ふ心怖れて」がその気持を生かしている。しかし、一面から言うと「偶然により分たるる明暗」は割合あたりまえのこと。

諦念も達観も得ず半世紀はるかに越えて生日来る　**恒松静枝**

全体に一通りで概念的。「はるかに」という強調があるので余計一通りになる。「諦念も達観も得ず」が意味はよく分かるがあたりまえ。言い方によって味わいの出るところだがこれでは特殊性がない。歌は小さなところに味わいがあるからそういう要素がなくてはならない。作る時にもそこを考慮せねばならない。

逝きたるは如何なる人か霊柩車しづかなる楽を鳴らしつつゆく　**谷　一郎**

上二句は平凡になる。

刈り込みし山吹に土用の新芽のび黄の返り花すこやかに咲く　**和歌森玉枝**

よく見かける情景で、どこにもある。私が知っていて慣れているせいかもしれないが、この歌に限らず他にあったような気がする。少しあたりまえのこと。

⑩見ているところはよいが捉え方（表現）が悪い。あたりまえ。

夕暮の街をゆくとき夏空は雲過ぎてのち余熱にゆらぐ　**佐保田芳訓**

夕暮の街で青空が揺らいでいるところでしょう。かげろうが空にたっているような感じで動いているように見える。地上の物と接するところに特にそれが見えている。「雲過ぎてのち余熱にゆらぐ」と言われると分からなくなる。おそらく雲でさえぎられていた空が雲の過ぎたあとさっきのように揺らいでいるというのであろう。見ているところはよいが、捉え方が駄目。あっさりと「夕暮の街をゆくとき夏空はゆらいでゐる」と言えば他の句がないだけに生きてくる。「余熱」も説明がすぎている。

昼すぎて峡田の氷緩びつつ呟くごとき泡の音する　**及川邦子**

この歌も悪くないしうまいところがある。「昼すぎて峡田の氷緩びつつ」など大変よい。しかし、「呟くごとき」がいいようでよくない。そこを別の言い方をしたらよくなる。

しろじろと花咲く梨の棚の下人工授粉の作業しづけし　**西村婦美子**

楽しくもあり、特殊な仕事をしている様子がよく分かる。結句「作業しづけし」という結論のつけ方が、あたりまえすぎる。

⑪**強く摑んだところがない、弱い。内容に重量が足りない。**

一面に栗の花咲く山畑はあかるき梅雨のくもりに匂ふ　**山県幸子**

整って欠点のない歌だが、情景がまんべんなくそろっていて、強く摑んだところがない。捉えているところは悪くない。もう少し強く出るとよい。

その象あらはになりて白すがし泰山木は梅雨空に咲く　**杉本康夫**

嫌味なく、割合に手際のよい歌。「白すがし……梅雨空に咲く」はある決まった整い方、もう少し作者の見たところが欲しいところ。これだけでは重量が足りない。

梅雨ぐもる部屋に黙して消すべくもなきわが言葉思ひ出でをり　**高橋セイ**

言うべきことを的確に言っているが、中身が足りない。「黙して……わが言葉思ひ出でをり」だけでは足りなく、何かがなければ歌は生きない。

海猫の鳴く声ひびく島山は風露草の花いちめんに照る　**松生一哲**

すっきりした歌で採れば採ってもよい歌。情景もきれいだし心魅かれるものがある。しかしもう少し作者の感じが出ていなくてはならない。

ひた荒れていまだ静まりがたき風青田眩しきなかにわが立つ　**塙　千里**

整っていて悪くない。しかし、確かにここを見ているという、中心を強く捉えた感じがなく物足りない。青田眩しきなかに何故立つのか暗示することも必要である。

⑫感情の厚みが必要。

或る時は義歯を口中にもてあそび思ひまとまりもなく老いゆく吾か　松山益枝

上の句うまい。そういうことを人もやるが、それが気持のよくないことであるという反省がこの歌にはない。どんなことを言ってもよいがそれに対する感情の厚みが必要。そういうことを承知していて人を納得させるようにもっていかなくてはならない。また、「思ひまとまりもなく」は一日のうちの短い時間のこと、「老いゆく吾か」は何年かの長い時間のことだから、つながりがうまくない。言葉の的確さが欠けている。言葉は動かせない的確なところに嵌って妙味が出るもの。

⑬自然さがない・不自然。

水涸れし沼をせめぎて枯るる草ぬき出でて蒲の穂の立つさびし　熊谷優利枝

「沼をせめぎて」は少し自然さを欠く。「せめぎて」と言って「ぬき出でて」と言っているのもうるさいという欠点はあるが、「枯るる草ぬき出でて蒲の穂の立つ」のが「さびし」という情景は悪くない。

ひとしきり揺りし地震の終る頃蟬のひびきがいつせいに絶ゆ　　佐保田芳訓

地震の終る頃に蟬の声が一斉に絶えるところが面白く思える。こう言えば常識的でないと思ったのであろう。その気持はよく分かる。「いつせいに絶ゆ」が人工的過ぎる。また、そう感じさせるのがよくない。自然に言えたら救われただろう。「いつせいに絶ゆ」が殊更めいていることと、そういう見方が面白いようで結局大したことはないということになる。

⑭条件が揃いすぎる・即《つ》きすぎ。つじつまが合いすぎる。歌の表現としては安易。

この島の明るき海の反映に放牧の牛遠くに光る　　松生富喜子

気持のいい歌。明るい海がめぐっている。その島に放牧されている牛が光っている。ガム島のような珊瑚礁のところであれば潮の色なども美しいだろう。「明るき」「光る」と条件が揃いすぎる。このあたりどうかするとよい。

まつはれる憂ひしばらく忘れむか杉の根方に湧く泉あり　　荒木千春子

積極的に悪い所はない。特に下の句の「杉の根方に湧く泉あり」がよい。それに対し上の句が即きすぎるというか、いかにも清々しい感じであると思わせる言い方になっている。そういう一首のつじつまの合せ方はない方がよい。

夜気緩びしきりに屋根の雪落つる音聞こゆれど夜半落ち尽す　　実績純夫

改めて下の句を見ると問題がある。論理的につじつまが合いすぎるか、即きすぎている。夜気が緩み雪の落ちる音が一晩中聞こえているのはとてもよい感じである。今年は雪が多いのでひかれたが、下の句を「音聞こえつつ夜半となりたり」にし、「夜気」は「寒気」にしたらよい。

わが家の柱干割るる夜半の音身の節々の痛むに似たり　　刀弥愛子

これもよくまとまっている歌。「夜半の音身の節々の痛むに似たり」は上の句に対し即きすぎ、平凡になった。

⑮歌っている情景、状態はよいが、もう一歩徹底、洗練させたい。もってまわった言い方になっている。積極的に悪くはないが物足りないところがある。

花火あがる入海のへにつらなりて灯は喝采のごと水に耀ふ　　磯崎良誉

「花火あがる」で子供のやってる花火と違うことが分かる。入海を中心にしたところで花火をあげているわけだ。花火のあがる入海の岸に人家があって、灯がつらなっている。その灯が喝采のように水に耀いているという。その感じ方はよい。この歌で喝采をするのが人ではつまらないが、灯が喝采でもするように水に輝いているというのがよい。ただ、言葉の調和の問題だが「喝采のごと」は言わないで済めば言わない方がよい。また「水に耀ふ」はどちらかと言えば古風な言葉だから、「水に照りゐる」位の方が面白い。両方から言葉がせめ合っている。「入海のへに」は「入海の岸」でよい。もう一歩洗練されると申し分ない。

薬師岳の唐檜の森にひとところ湧く水ありてあら砂ゆらぐ　**寺元俊一**

気持のいい情景。第一句が「薬師岳の」と余っている。なるべく五七五できちんとした形で言うのが私は好きだ、こう言う具合に余っているのはよくない。表現に作者の苦労があってよいはず。

つゆ近きこの朝海を閉ざす霧及びてくらし街のはたては　**飯塚和子**

一つの情景を言いえているが、うまみというのが少し足りない。

ながき世を過ごしてきたる者のごと寂しく午の睡よりさむ　**吉田和氣子**

気持はよく分かる。しかし、状態を的確に言っているかというとそうではない。もってまわった言い方になっている。

⑯用語に問題がある。もっと的確な言い方・言葉があるはず。語感が悪い。言い方が固い。

老残のひと日一日の生きざまを刻まんための年改まる　　**横尾登米雄**

意味はよく分かるし、自由に言っていてひっかかるところもない。これくらいできたらまずよしとしてよい。ただ、「ひと日一日の生きざまを刻む」というのは悪くないが特に光ったところも感じられない。「老残」に比べると同じ漢語でも「衰老」はうまいね。

蟬の声やみしいとまや泥火山のさびしき音をこの谷に聞く　　**松生一哲**

騒しく啼いている蟬がやんだときに泥火山の音を聞いているわけで、摑んでいるところも悪くない。一応これでよい。「いとまや」も、その時その時の好みがあるから、こう言っても悪いことはない。しかしもっとさりげなく言えればその方がよい。

輝ける故宮のいらか幾万ぞ黄塵捲けば一瞬に消ゆ　　**亀谷増江**

「黄塵捲けば」とか「一瞬に消ゆ」とかが作者みずから考えた言葉でなく何となく昔からある言葉を利用しただけという感じがする。「幾万ぞ」にしても自分の腹から出た言葉と思えない。そのあたり少しあたりまえではないか。

とめどなく湧きて移らふ黒雲に立つクレーンのゆらめくごとし　　**伊藤妙子**

情景が人工的。自然にある状態が見えるように作るのがよい。「クレーンのゆらめくごとし」

は語感が悪い。もう少し言葉がさわやかにいかないといけない。

⑰筋書きを追い過ぎる。筋が通り過ぎる。

酒と煙草止めねばならず寡黙なる夫とゐて一日苦しく終る　矢野幸子

「酒と煙草止めねばならず」あたり他の言い方があるかもしれない。言い方が固い。下の句はうまい。自分の感情だけを表白しているから真実性がある。

手術せし友見舞ひしが鬢髪を染めねば俄かに老いつつ親し　河原冬蔵

「親し」という感じの言葉が入っていることによって歌になっている。これが俄かに老いて年とっているように見えると言ったら歌にならない。筋が通り過ぎていて大した歌ではないが、結句のあたり神経が働いていて悪くない歌。

⑱気分を捉えているが実質・中身が足りない。

うつぎ咲く頃の記憶も時を経て消えゆくらんか寂しともなし　清宮紀子

どういうことであるか、作者に即していても想像ができない。そういうのがあってもよい。

暗示的に一つの感じを出すこともできる。「寂しともなし」ではあまりにたよりない。上の句を暗示する言葉でありたいもの。気分はよく出ているが少し足りない。作者は同時に批評家であることが必要だ。

ためらひもなく季うつり白花のリラ寒暑なき土にこぼるる　矢野幸子

きれいに流れるようになだらかに言えていてなかなかうまい。しかし、中身が少し足りないのではないか。もう少し何かが欲しい。「ためらひもなく季うつり」は虚と実で言えば虚の部分。そして、「寒暑なき土」とはどういうことか、これも虚実の関係で言えば中身がない虚。のびのびとしてなだらかなのはうまいが、実質という中身がなく物足りない。

青春の惜別いたむ陸游の老境の詩に今宵なみだす　佐保田芳訓

青春の感傷をいう老境の詩だというあたり一考を要する。その陸游の詩も大したことがないように思える。悪くはないが一首食い足りない。

⑲一首うるさい。もっと単純に言う。もっとうまく言える余地がある。

むし暑き曇となりて桃の葉に音たててしろき火山灰降る　四元　仰

鹿児島の桜島でも、北海道の有珠山でもよいが、とにかく桃の葉に音をたてて火山灰が降るというところは見ている。しかし、もう少し単純に言えたらもっとよい。殊に「しろき」はよくない。

並み立てる幹暗けれど憂ひなく光を散らす竹の秀むらは　**伊藤いく子**

一つの見ているところを持っている。「並み立てる」は例えば嵯峨野のようなところはこう言ってもよいが、もっとうまい言い方がある。

歳月を経て美しきものにむかふ柢《し》固く立つ菩提樹一木　**和歌森玉枝**

余計なことを言わずただ讃美するのも一つのやり方。「柢固く」が分からない。こんなに難しく言わずにやさしい言い方があるはずだ。

うちにもつ夫の憂を知るわれはさからはずゐきながき一日　**矢野幸子**

「さからはずゐきながき一日」に思いがこもっていてなかなかよい歌。ただし夫の憂にもいろいろある。金銭的や勤めのこと等。そういう事情をこと細かに表現する必要はないが、ある程度暗示できると歌は味わいが深くなる。そういう点、面白くする余地が残っている。

神殿の石柱遺る島山はオリーヴ茂りて海風に鳴る　**松生一哲**

オリーヴのある島の様子が完璧にうたわれていて悪くない。しかし全体にもう少し静かな方がよい。「遺る」と言い「茂りて」と言い「鳴る」と言っているあたり、もう少し単純に強く言う余地がある。

⑳つじつまが合わない。ある種の反撥を感じる。偶然なことを普遍的な事実のような言い方になっている。

病ひ癒えし吾と海桐花の朱き実とみづうみの辺に秋の日を浴ぶ　　榛原駿吉

静かな感じがあるし、病癒えた自分と並ぶものが、若い美人でもあると平凡になるが、植物の海桐花だからよい。悪くない歌。海桐花は海岸の木だが、この歌では湖になっている。そこに私はある種の反撥を感ずる。

夢の中に気負ふは頭脳のみならず覚めて手脚の疲るるあはれ　　和歌森玉枝

しょっ中あることではない。それをあたかも普遍的事実として言うような言い方になっている。たまたまそういう夢を見ることがあるだろうが、楽しい夢を見る人もいて、いろいろだ。考えて作ってはいるがすごくよいとは言えない。

㉑事情や事柄をこと細かく言ってはならない場合がある。解釈がついている。

夜更けし舗道に槐の花を掃く人をりひと日の憩のごとく　　吉田和氣子

悪くはない。が上の句に対し、「ひと日の憩のごとく」と解釈がついている。それが、邪魔にはなっていないが、そう言わないで自分のことを言うのがよい。

㉒一首はよく分かるがこの上に何かが要る。それが何か作者が考えるしかない。

夕日さす釜無山の稜線に炎のごとき地吹雪のたつ　向山忠三

情景もよいし、表現が確かで分かりやすい。難解なところもない。情景を確かに表現することが簡単なようで大事。誰でもそうでなくてはならない。この歌はこれでよいがこの上更に何かが加っているともっとよい。それは何であるか作者も考え、他の人も考えてもらってよい問題。

雷雲のすぎゆき早き昼つ方山の沼より蟇《ひき》ふとく鳴く　原野和女

「蟇ふとく鳴く」は様子をよく捉えている。私が初めて山に行ったときの歌は歌集『歩道』（尾瀬沼）にある。雷雲のすぎゆき云々は、どこの山でもあるし、珍しくもない。作者がどこにいるのかも明確にしたい。これ以上の何かが欲しい。

㉓本当の自分の気持に根ざした必然性が出ないとつまらない。

弘法麦の青頴ちそめし渚ゆく憂ひしづまり難きひるすぎ　遠藤那智子

上の句大変うまい。まとまりもよいし手際もいい。これはこれでよいが、「憂ひしづまり難き」が、重大で、歌のために言った言葉のように響く。もう少し本当の自分の気持に根ざした必然性が出ていなくてはつまらない。

入婿としてわが父母に順ひし夫おほどかに老を積みゆく　松山益枝

家系の歴史が出ている。しかし、「老を積みゆく」だけではその歴史だけで個人の感慨がないのではないか。

朝早き町におしろい咲き残り常目に立たぬ老らの歩む　福田智恵子

一つの風景は出ているが、感じが出ていない。

㉔この程度に出来れば悪くないが、進歩していない。

水退きし草むら乾きゐるところ夏日寂しき川原をゆけり　横尾忠作

単にきれいな風景だとか、美しい眺めだというだけでない、情景のもっている、現実としての意味を捉えている歌。それがないと歌にならない。このくらいにゆけば悪くない。そうは言っても、私の歌でゆけば、いわば歌集『歩道』あたりの境地。だから歌は進歩しないもんだ。歌の進歩は個人個人のことだが。

㉕素材はよいがどちらが主か分からない。

ただならぬ啼声のして雲ひくき夜空に鴉群れて争ふ　　和歌森玉枝

異常な感じは悪くないが、なぜ鴉が争っているのかが大事な点。その点が分からないと不満。事柄だけを言えばいい歌もあるが、こういう歌は、作者の解釈がないと満足しない。なぜこういうことがあるかという説得力がない。他の鳥でなく鴉だから、「ただならぬ啼声」と言って、うまいところもある。

単純にわれの描くは衰へし視力のゆゑのことのみならず　　斎藤栄子

視力が衰えただけでないというとあとは何か。精神の衰えとか手が利かなくなったとかいろいろ考えられるが、そこをある程度暗示するように言ったらよい。いわゆる単純化されていて悪くないが、これでは少し足りない。何故単純にしか描かないかという説明が必要。だいたい単純に描ければ一つの力量だ。だからこの歌は自分をほめていることにもなる。

いちめんに熔岩おほふ島山に黒く枯立つタブの木芽吹く　　**三浦美枝**

捉えたところ、中身のある歌。目のつけどころつまり素材がよい。しかし、「いちめんに熔岩おほふ島山」あたりもっと簡単に言うとよかった。「タブの木芽吹く」と、どちらが主か分からない。

㉖固有名詞が必要。固有名詞が古臭い。固有名詞が悪い。

滅びたる曾ての日本人の町昼顔の花草原に満つ　　**松山益枝**

この歌はなんという町かが必要。「昼顔の花草原に満つ」が生きている。

春寒き風はめぐりの樟に鳴り日暮れんとする北野廃寺は　　**榛原駿吉**

私は樟の葉が好きだが、樟の葉は普通の葉とは違う。それを言っている上の句がよい。「北野廃寺」という固有名詞が古臭い。ここを新鮮に言えたらよかった。なお、他の作品の「滑川（なめりかは）の流れ黄にそみ」の「滑川」、「残雪光る編笠岳見ゆ」の「編笠岳」も地名が悪いから、歌に使わない方がよい。

㉗物足りなく、単調。平凡。

幹にふる雨さむざむと花すぎし桜四五本畑道に立つ　横尾忠作

「幹にふる雨さむざむと」がうまい。下の句はこれだけでは足りない。上の句がよいので採ったがこういう歌は多い。

この島の城壁のなか樟の木の大樹茂りて海風に鳴る　松生一哲

「この島の城壁のなか」だけでは足りないし、その樟の木が海風に鳴るだけでは単調。全体に悪い歌ではないが。

海見ゆる椰子の林にスコールの過ぎて明るく夕光のさす　小野寺ふみ

海岸の情景だが、その情景があたりまえに整いすぎている。情景が決りきっているだけやや平凡。

㉘空想で奇想天外のことを言ってもつまらない。

ロケットにて遺体を運ぶ宇宙葬ちかき未来の現実とぞきく　室積純夫

一首の内容は了解できる。宇宙葬が普通となるときがあるとしても、ただそう想像しているだけ。「ちかき未来の現実とぞきく」と言っても大したことない。また、「ロケットにて遺体を運ぶ宇宙葬」云々と言っても現実のことと考えられない。空想で、奇想天外のことを言ってもつまらない。

あとがき

短歌作者には、実作と共にその裏付けとなる歌論がいる。あたかも自転車の両輪のようなもので、実作と歌論とがバランスよく回転することによって、作品が進歩し、抒情詩短歌が作歌者おのおのの人生に位置づいてくる。そう思って、私の作歌は五十年が近づいている。

論作同時であろうとする私のつよい自覚は、既に歌論『現代写生短歌』(平成元年九月、短歌新聞社)、その実践入門書としての『作歌のすすめ』(平成十三年十月同上社)を刊行して、ある程度の成果をあげているところである。

しかし、それから相当の歳月を積み、その都度に書き留めた実作助言の類も多くなった。その上に私の作歌力も理論もいくばく進歩しているから、このあたりで、集大成となる入門書をまとめることにしたのである。平易ながら骨のある実作入門書を目指し、短歌実作者が常に座右し活用していただけるものとして、初心者から相当のベテラン短歌作者まで参考にしていただけるように執筆し、編集したものである。

私の胸中には常に、論作同時の先進の業績及びその態度がある。正岡子規の「歌よみに与ふる書」とその歌、斎藤茂吉の「短歌写生の説」とその膨大な作品、佐藤佐太郎の「純粋短歌」と生涯の作歌姿勢あるいは谷崎潤一郎の「文章讀本」とその業績などである。底流としてご利用下さる皆さんの胸中にも届いてくれるとありがたい。
この度は、お勧め下さったことに心から感謝し、飯塚書店にすべてをお願いすることにした。

生誕の百三十年逝きありがたく『赤光』刊行百年が来る

平成二十五年　正月

秋葉四郎

「Ⅲ　推敲のポイントと添削例」の添削例は、月刊「短歌」（角川学芸出版）角川短歌通信講座、添削公開コーナーより転載。

私の胸中には常に、論作同時の先進の業績及びその態度がある。正岡子規の「歌よみに与ふる書」とその歌、斎藤茂吉の「短歌写生の説」とその膨大な作品、佐藤佐太郎の「純粋短歌」と生涯の作歌姿勢あるいは谷崎潤一郎の「文章讀本」とその業績などである。底流としてご利用下さる皆さんの胸中にも届いてくれるとありがたい。

この度は、お勧め下さったことに心から感謝し、飯塚書店にすべてをお願いすることにした。

生誕の百三十年逝きありがたく『赤光』刊行百年が来る

平成二十五年　正月

秋葉四郎

「Ⅲ　推敲のポイントと添削例」の添削例は、月刊「短歌」（角川学芸出版）角川短歌通信講座、添削公開コーナーより転載。

秋葉 四郎（あきば しろう）

昭和12年（1937年）、千葉県生まれ。歌人・文学博士。昭和42年「歩道」入会、佐藤佐太郎に師事。現在「歩道」編集人。歌集に『街樹』『極光（オーロラ）』『蔵王』『自像』等、他に『現代写生短歌』『作歌のすすめ』『新論歌人茂吉』『歌人茂吉人間茂吉』『短歌清話―佐藤佐太郎随聞』『完本 歌人佐藤佐太郎』『茂吉 幻の歌集『萬軍』―戦争と斎藤茂吉』等がある。

短歌入門《たんかにゅうもん》―実作《じっさく》ポイント助言《じょげん》

2013年3月10日　第1刷発行

著　者　秋葉 四郎
発行者　飯塚 行男
装　幀　片岡 忠彦
印刷・製本　シナノパブリッシングプレス

株式会社 飯塚書店
〒112-0002 東京都文京区小石川5-16-4
TEL03-3815-3805　FAX03-3815-3810
郵便振替00130-6-13014
http://izbooks.co.jp

ISBN978-4-7522-1039-9